나의 미국 인문 기행

일러두기

— 이 책에서 언급된 단행본이 한국에서 번역·출간된 경우에는 국내에 소개된 제목을 따랐다.

— 이 책의 인용문은 일본어판을 저본으로 삼았다. 다만 한국 독자들의 편의를 위해 한국어판 서지사항을 병기했다.

— 원문에서 저자는 미국과 아메리카를 구분 없이 쓰고 있으나, 대부분의 경우 미국으로 옮겼다. 단 「맺음말」에서 국가 단위로서의 미합중국이 아니라 전통과 정서, 문화적 의미를 담고자 한 경우나, '선한 아메리카', '나쁜 아메리카'와 같이 지향, 방향성을 표현하고자 했을 때는 저자의 뜻에 따라 아메리카로 표기했다.

서경식 지음 · 최재혁 옮김

나의 미국 인문 기행

반비

《릿터》는 한 번만 더 미국 기행 마지막 마무리로 쓰고 싶고, 그 후는 조금 쉬고 나서 독일, 불란서로 갈 작정입니다.

7장 원고를 탈고한 후, 서경식 선생은 2020년 11월 16일 메일에서 이렇게 전했다. '나의 미국 인문 기행'은 바쁘고 어려운 상황에서도 좀처럼 마감을 어기지 않던 그가 유독 힘겨워했던 연재였다. 잠정 휴재가 결정되었고 또 훌쩍 시간이 흘러 저 '맺음말' 글의 (개고와 퇴고를 거듭한) 최종판이 도착한 날이 2023년 12월 17일이다. 다음 날 영면하셨으니, 이 책의 맺음말 「'선한 아메리카'를 기억하기 위하여」는 그렇게 선생의 마지막 원고로 남았다.

예기치 않게 인문 기행의 종착지가 되고 만 '미국'을 뒤돌아보는 서경식 선생의 시선은 무척 어둡다. 생각해보면 "『나의 서양 미술 순례』 이후 30년"이라는 문구 아래 기획된 그의 '인문 기행'은 줄곧 쓸쓸하고 암울했다. "슈트케이스가 또 망가졌다. (……)

슈트케이스처럼 나 역시 슬슬 사용기한이 다해가고 있는지도 모르겠다."라고 시작한 『나의 이탈리아 인문 기행』이 그랬고, 벤저민 브리튼Benjamin Britten (1913~1976)의 가곡 가사 "How long, how long?(앞으로 얼마나, 얼마나 오래 걸릴까?)"을 들으며 "아, 여전히 세계는 피투성이다. 대체 언제까지? (……) 얼마나 더 시간이 흘러야 할까?"라며 탄식했던 영국 기행의 나날도 다를 바 없었다. 어느 대담에서 반 고흐와 모차르트, 윤이상, 존 케이지의 이름을 들며 "사실은 이런 이야기를 하는 것이 제가 세상에서 제일 좋아하는 일입니다. 끝없이, 끝없이 계속하고 싶어요."(서경식·김상봉, 『만남—서경식 김상봉 대담』, 돌베개, 2007년)라고 웃으며 말했던 그가 조금은 편안해져 그림과 음악을 만끽하는 여행자였어도 좋았으련만.

하지만 그저 바람이었을 뿐, 나는 서경식 선생이 쉽게 마무리 짓지 못했던 미국 기행을 '인문 기행' 시리즈 중에서도 가장 어두운 터널을 지나는 느낌으로 읽고, 옮겼다. 코로나19 팬데믹이라는 세계사적 위기, 정년퇴임에 뒤따른 어수선함과 건강 악화 같은 변화를 우선 들 수 있겠지만, 그 탓만은 아닐 것이다. 서경식 선생이 직접 언급한 것처럼 '독자 여러분이 왕복할 세 단위의 시간대'(131쪽) 때문이다. 그건 최근(이자 마지막으로) 미국 땅을 밟았던 2016년, 두 형의 석방과 지원 활동을 위해 미국의 인권단체와 국무부를 방문했던 1980년대 중·후반, 그리고 이 책에 담긴 글을 쓰던 2019~2020년이라는 시점이다.

첫 시간대는 차별주의자 도널드 트럼프가 유력 대통령 후보로 부상하던 무렵이다. 서경식 선생은 "우리는 앞으로 긴 악몽의 시대를 살아가게 될 것이다."(155쪽)라고 되뇌며 휘트니 미술관, 메트로폴리탄 미술관, 뉴욕 현대미술관을 우울한 심정으로 거닐었지만, 그 반대편에서 '선한 아메리카'를 지켜내고자 하는 이들을 향한 희망의 마음을 접지 않았다. 두 번째 시간대는 우리에게 처음 각인된 그의 청년 시절이다. "해 저무는 하늘이 늘 피고름 색으로 보였고", "탁한 청록색 늪의 수면 위로 허연 익사체가 두둥실 떠오르는 환상에 사로잡혔다."(「길 위에서」, 『서경식 다시 읽기』, 최재혁 옮김, 연립서가, 2022년)고도 했던 시절과도 겹친다. 안전보장법, 기본적 인권, 고문 같은 단어는 알지만 "가려워요."라고 제 몸 상태하나 표현할 일상어조차 영어로도 우리말로도 꺼내지 못한 재일조선인 청년은 광활한 미국 땅에서 '망명자'라도 된 듯한 고독과 비애를 느꼈다고 한다. 하지만 그때도 곁에는 헤어질 때 달걀을 삶아 건네준 재일조선인 여성 B 씨, 어머니를 챙기며 두 형의 판결을 보러 대신 한국까지 건너가 준 소꿉친구 U 군이 있었다. 인권단체의 수녀와 여자 대학생 인턴이 서경식 선생이 선물한 새 구두를 신고 햇살이 내리쬐는 워싱턴 거리를 걸어가는 장면을 읽으며 눈시울을 붉혔다고 이야기하자 환해지던 선생의 얼굴이 떠오른다. 세 번째 시간대는 말할 필요도 없이 이 책의 본문을 써 내려간 시기다. 그는 참혹한 역병이 몰고 온 먹구름과 자기중심주의, 불관용이 횡행하는 "복잡하고 곤란한 상황 속에서 '인간'을 다시 바라보게끔 하는 정신적 행위", "요컨대 '인문학'의 기본이라고 해야 할 정신"(131쪽)을 지키고자 악전고투하며 인문 기행을 계속했던 셈이다.

> 비유컨대 나의 저술은 질식해가는 카나리아의 비명과도 같은 것이다.(「책을 펴내며: 탄광 속 카나리아의 노래」, 『난민과 국민 사이』, 임성모·이규수 옮김, 돌베개, 2006년)

이 책을 읽기 위해 왕복해야 할 세 단위 시간대에 하나 더 추가해야 한다면 7장과 유고(맺음말) 사이에 가로놓인 3년 남짓한 기간이겠다. 그때 2022년 2월 러시아의 우크라이나 침공, 2022년 7월 미얀마 군부의 민주화 운동가 네 명 사형 집행, 그리고 2023년 10월부터는 가자지구에서 끔찍한 유혈이 이어졌다. 그런 사태가 서경식 선생에게 미친 타격은 나의 예상을 훨씬 뛰어넘었던 것 같다.

미국 기행은 미완으로 남겨두었지만 이 시기에 선생은 '더 나빠지는 세계', 이상은 사라지고 '진부화'되는 세계를 향한 우려를 일간지 칼럼을 통해 쉬지 않고 발신했다. 그의 번역자이자 편집자라는 자부심과 책임감으로 놓치지 않고 찾아 읽긴 했지만, 고백하자면 나는 '서경식다운(서경식이니 쓸 수 있는) 글이구나.'라고 생각하며 어느 결에 조금씩 둔감해졌던 것 같다. 또는 내 수준에서는 도저히 다다를 수 없는 '서경식의 감각'이라고 변명하면서. 부질없지만 그가 떠난 자리에서 광부가 갱도 안으로 들고 들어간다는 카나리아의 이야기를 뼈아프게 기억한다. 사람보다 먼저 일산화탄소의 농도에 반응하기에 고통을 느끼고 죽음으로서 위험을 알리는 카나리아. 선생은 위기가 닥쳤을 때 가장 민감하게 반응하고 경고하는 역할을 부여받은 재일조선인과 자신의 글을 카나리아에 빗댔다. 홍콩이, 벨라루스가, 미얀마가, 우크라이나가 시간이 지날수록 진부해지듯 그의 글과 마음까지 내 속에서 그렇게 진부해진 것은 아니었을까. 카나리아의 비명을 흘려들은 건 아니었을까. 마음이 저려온다.

허락된 지면을 빌려 2023년 12월 21일, 평온히 잠든 듯 누운 서경식 선생 곁에서 파트너 F, 후나하시 유코船橋裕子 선생이 조문객에게 건넨 인사를 독자에게도 전하고 싶다.

그가 조금 더 살았다면 분명 사람들에게 도움 되는 일을 더 많이 했으리라 생각하니 아쉽기 그지없습니다. 한편, 그는 '인간으로서의 죄'를 두고 내내 괴로워한 사람이었습니다. 매일이 그것과의 싸움이었습니다. 이제 겨우 싸움에서 벗어났는지도 모릅니다. 죽음을 통해 그 무거움을 내려놓았다고 생각합니다. '수고했어요. 간신히 편해졌지요? 많이 애썼어요.'라고 말해주고 싶습니다. 여러분 덕분에 (그가) 힘을 낼 수 있었다고 생각합니다. 정말 고맙습니다.

타자의 고통을 향한 상상력에 유달리 민감했던 디아스포라 지식인의 인문 기행은 독일로, 불란서로 이어지지 못하고 끝을 맺었다. 여행과 관련해 서경식 선생이 남긴 글 가운데 좋아하는 몇 문장을 옮겨본다.

저는 지금도 툭하면 여행을 떠나곤 합니다만, 그것은 일상으로부터의 해방이 아닙니다. '거주'를 찾아 헤매는 방랑과도 같은 것이죠. 나이를 먹으며 여행을 한다는 것이 부담스러워져 갑니다. 하지만 여행을 떠날 수 없게 된다 한들, 크게 달라질 것은 없을 겁니다. 저에게는 일상의 '거주' 또한 여행 같은 것이니까요. 그럼 봉 보야주Bon Voyage!(즐거운 여행을!)(서경식·다와다 요코,『경계에서 춤추다』, 서은혜 옮김, 창비, 2010년)

서경식 선생은 세상에 없지만, 거주와 여행이 다르지 않았던 그의 삶과 여정이 오래 기억될 수 있도록 힘을 다해야 할 책무가 남았다.

서늘한 가르침을 주던 스승이었고 다정한 친구였던,
그리운 서경식 선생님의 안식을 빈다.

2024년 1월 7일

옮긴이 최재혁

차례

여는글

4

맺음말

250

1장

뉴욕

장차 형제가 형제를, 아버지가 자식을 죽는 데에 내주며 자식들이 부모를 대적하여 죽게 하리라. 또 너희가 내 이름으로 말미암아 모든 사람에게 미움을 받을 것이나 끝까지 견디는 자는 구원을 얻으리라. 이 동네에서 너희를 박해하거든 저 동네로 피하라.(「마태복음」 10장 21절~23절)

모자

2016년 3월 9일, 나와 아내 F는 뉴욕의 JFK 공항에 도착했다. 마중 나오기로 한 M 군의 모습이 보이지 않았다. 도착 로비로 나와서 M 군에게 전화를 했더니 아직 집이었다. 우리의 도착 시각을 잘못 알고 있었다고 한다. 지금부터 서둘러도 시간을 맞출 수는 없다. 어쩔 수 없이 예약해둔 맨해튼의 아파트까지 택시로 향했다. 일본에서부터 쓰고 온 모자가 없다는 걸 차 안에서 알아차렸다. 마음에 쏙 들었던 보르살리노의 펠트 페도라였다. 예상보다 날씨는 따뜻했고, 오히려 덥다 싶을 정도여서 모자를 벗은 채 M 군에게 전화를 걸고는 그 자리에 두고 왔던 것이다. 여행 첫날부터 모자를 잃어버리다니. 열네 시간의 비행 중에는 물론 모자를

徐勝・徐俊植兄弟를 救援하자

徐君兄弟를 救援하는 会

【連絡先】日本京都市下京区久夫寺通川西入　西村　誠方
Tel．：(075)761－4582

The save the Soh brothers society
c/o Makoto Nishimura　645 sarashiya-cho.
Shimogyo-ku Kyoto 600 Japan

徐　勝：1945年4月3日 日本京都生。1971年4月 서
울文理科大学大学院在学中에 逮捕됨。
現在「無期囚」로서 大邱矯導所 在監中。

徐俊植：1948年5月25日 日本京都生。1971年 兄·
徐勝과 함께 逮捕됨。「懲役7年」을 滿了하
후도 社会安全法 대상이 돼 淸州保安監護
所에 收監中。

호　소　문

—— 徐勝兄弟 投獄14년째를 맞이하여

徐勝・徐俊植両氏가 1971年에 逮捕・投獄된지 벌써 14年이란 긴 세월이 흘러간다. 감옥의 어두움 속에서 지내온 14年—그것이 얼마나 고통스러운 세월이었는가는 우리의 想像을 넘는 것일 게다.

당시 26살이며 서울文理科大学大学院에서 農村社会学을 専攻하고 있었던 徐勝氏는 오는 4月3日에 満40살이 된다. 그는 무기수로 大邱矯導所에 収監되고 있다.

당시 22살이며 서울法科大学生이었던 徐俊植氏는 지난 1978年에 刑期를 다 마쳤데도 불구하고 지금까지도 社会安全法에 의해 淸州保安監護所에 収監되고 있다.

우리는 徐勝兄弟가 獄中生活 14년째를 맞이하려는 오늘 내외여러분에게 徐勝兄弟를 하루속히 석방시키기 위하여 여러분의 보다 많은 지원을 바라며 여기에 다시 호소하는 바이다.

徐勝兄弟의 14년

徐勝兄弟는 1970年代의 거의 모든 期間과 1980年代의 前半期를 獄中에서 지내왔다. 朴正熙政権은 1970年代에 社会全般에 걸쳐 파쇼化를 推進했다. 1971年봄의 大·統領選挙이후 1972年의 "維新憲法" 강행, 大統領緊急措置에 의한 民主回復運動 弾圧, 그리고 1975年의 社会安全法등 戦時立法의 公布등등을 거쳐서 파쇼的 "維新体制"는 完成되었다. 온갖 民主的権利의 抑圧을 그 特徴으로 하는 "維新体制"는 国内에 있어

— 1 —

9/2299
(3)

서군형제를 구원하는 회, 「서승·서준식 형제를 구원하자」, 1985년.
서승, 서준식 형제의 투옥 14년째를 맞이하여 작성한 호소문.

벗어놓았기에 따져보면 착륙한 후 도착 로비에 이르기까지 아주 짧은 시간밖에 쓰고 있지 않았던 셈이다.

나중에 공항 유실물센터에 문의하니, 대응은 예상보다 훨씬 정중했지만 역시 보관하고 있는 분실물 중에 내 모자는 없다고 했다. 어디 헌 옷 가게에라도 팔려버렸을까, 아니면 누군가가 아무렇지도 않은 척 슬쩍 쓰고 가버린 걸까. 내 머리 크기는 서양인 남성 평균보다 꽤 크니 그 모자가 딱 맞는 사람은 많지 않으리라고 생각하기는 했지만.

나는 30년 정도 전에 미국을 몇 번 찾은 적이 있다. 첫 방문은 1985년이었다. 시애틀, 샌프란시스코, 워싱턴 D. C., 뉴욕 등을 거쳐, 뉴저지의 뉴어크 공항에서 당시 대서양 횡단 비행이 가장 저렴했던 피플스에어 편을 타고 런던으로 건너갔다.

다음 해인 1986년에도 2개월 가까이 미국 각지를 돌아다녔다. 당시 군사독재 정권 아래 감옥에 있었던 두 형(서승과 서준식)을 비롯한 한국의 양심수에 대한 지원을 호소하는 캠페인이 여행의 목적이었다. 전두환 군사독재 정권이 맹위를 떨치던 시기, 민주주의를 바라던 시민과 청년, 학생의 용감한 저항이 이어지던 때였다. 경찰 조사를 받던 대학생 박종철의 고문사를 계기로 투쟁이 더욱 고양되어 결국 민주화를 쟁취해낸 6월 민주항쟁은 그 이듬

해리 S. 트루먼 빌딩.
미국 국무부 건물로 사용되고 있다.

해 일어났다.

이번 글을 준비하며 당시 여행에서 쓴 일기를 찾아보았다. 일본을 떠나 1986년 10월 2일 무렵 쓴 글에는 앞서 인용한 마태복음 구절 옆에 "근심으로 마음이 꽉 막힌 순롓길이다."라고 휘갈겨 쓴 내 글씨가 있다.

나는 말 그대로 근심을 가득 안고서 이 동네에서 저 동네로 인권운동 단체와 시민단체, 종교단체, 국무부 인권국 등을 찾아다녔다. 뉴욕의 단체 사무소를 찾아가 보니, 고급스러운 정장을 차려입은 금발의 여성 스태프가 나와 쌀쌀맞은 표정에 알아듣기 힘들 만큼 빠른 영어로 "좋아요, OK, 당신에게 15분 드리죠."라고 말했다. 15분! 열다섯 시간의 비행 끝에 내게 주어진 시간, 그것도 더듬거리는 영어로 겨우 15분. 속이 상했지만 마음을 다잡고 기운을 내서 열심히 이야기했다.

생각해보면 그녀의 그런 대응도 무리는 아니었다. 당시는 칠레, 아르헨티나, 필리핀, 대만 등 세계 각지에서 나와 같은 처지의 사람들이 필사적으로 그곳에 모여들었다. 그 여성 스태프는 이 모든 사람에게 대응해야만 했을 것이다.(그때로부터 30여 년이 흐른 지금도 전 세계에 여전한 이유로 정치범의 석방을 호소하는 사람들이 넘쳐난다.) 정확히 15분 후, 상대는 의자에서 일어났다. 불친절한 시험관

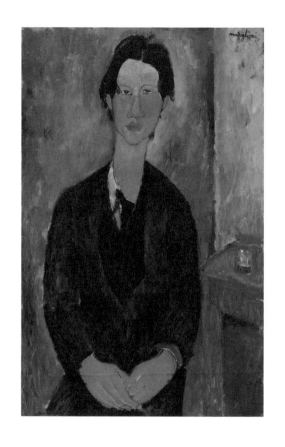

아메데오 모딜리아니, 「수틴의 초상」, 1917년, 캔버스에 유채, 내셔널 갤러리, 워싱턴.

으로부터 면접을 받은 기분이었다. 이 여행이 어떤 구체적인 효과로 이어지리라고는 생각할 수 없었다.

그 와중에도 나는 머무르던 도시에서 짬이 나면 혼자서 미술관으로 발걸음을 옮겼다. 결사적인 반독재 투쟁이 이어지고 있는 시기였다. 형들은 옥중에서 신음하고 있었다. 그런 시기에 걸맞은 바른 처신이었는지는 스스로도 알 수 없었다. 사람에 따라서는 그런 나를 괴이하다 보았을 것이다. 나는 스물네 시간을 투쟁에 바치는 모범적인 활동가상에서는 멀찍이 떨어져 있었다. 다만 목마른 사람이 우물을 찾듯, 좋은 미술 작품과 조우하기를 바라며 떠돌아다니는 일이 내 자신의 생존에 필요했다는 점은 확실하다.

여행 도중에 워싱턴 D.C.의 내셔널 갤러리에서 모딜리아니 Amedeo Modigliani(1884~1920)의 작품 「수틴의 초상」과 만났다. 러시아의 유대인 마을에서 무일푼으로 파리로 건너온 생 수틴Chaïm Soutine(1894~1943). 그 거칠고 불온하지만 섬세했던 인물의 초상과 시간 가는 줄 모르고 무언의 대화를 나눴다. 「수틴의 초상」은 그 후로 내 인생을 통틀어서 잊을 수 없는 작품이 되었고 나중에 졸저의 표지에도 사용했다. (『나의 서양미술 순례』, 박이엽 옮김, 창비, 2002년 개정판)

당시 디트로이트 미술관은 황폐하다고 말할 정도로 주변이

디에고 리베라, 「디트로이트 산업」, 1932~1933년, 프레스코, 디트로이트 미술관, 디트로이트.

마치 슬럼가 같았다. 현지에 살던 친구에게 그곳에 가고 싶다고 말하자 "거긴 치안이 좋지 않아서……."라고 말하며 얼굴이 어두 워졌다. 바로 그 디트로이트 미술관 중앙 뜰 로비를 장식하고 있던 디에고 리베라Diego Rivera(1886~1957)의 장대한 벽화 「디트로이트 산업」도 잊기 힘들다.

1990년에는 출소했던 형 서승을 안내하기 위해 미국을 찾았다. 석방 지원 운동에 힘써주었던 사람들에게 감사 인사를 전하기 위해서였다. 하버드 대학을 방문하면서 대학 부속 포그 미술관에서 반 고흐Vincent van Gogh(1853~1890)의 「머리를 민 자화상」을 볼 수 있었다. 나치가 퇴폐예술로 낙인찍어 루체른에서 경매에 부친 탓에 파괴를 면해 이 대학에 소장되었던 것이다. 나에게 이 초상은 마치 긴 복역을 끝내고 막 출소한 사람처럼 보였다.

미국에는 친구나 지인도 있고, 좋은 미술관도 있으며 훌륭한 오페라나 콘서트 공연도 많다. 그런데도 그 이후 30년 정도 미국에는 그다지 발길을 두지 않았다. 트럼프(이 여행 당시는 아직 대통령 후보자였다.)와 같은 존재, 단적으로 말해 반지성적이고 오만한 자기중심주의가 대두하면 할수록 미국을 향한 나의 기피감도 점점 심해졌다. 하지만 2016년이 되어 오랜만에 뉴욕에 가볼 기회가 생겼다. 코스타리카 대학 교수로, 신뢰하던 친구 C 교수가 초청

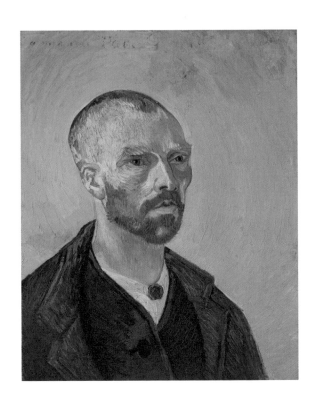

빈센트 반 고흐, 「머리를 민 자화상」, 1888년, 캔버스에 유채, 하버드 포그 미술관, 케임브리지.

강연을 의뢰했기 때문이다.

C 교수는 한국인 여성이지만 수년 전에 과감히 한국에서 코스타리카 대학으로 떠났다. 거기서 살아보며 한국에서 매일 느꼈던 스트레스가 줄었다고, 좋지 않았던 몸 상태가 금세 회복되었다고 말했다. 그런 C 교수가 권유한다면 조금은 무리를 해서라도 가지 않으면 안 되겠다는 생각을 했다. 그렇지만 구체적으로 검토해보니 코스타리카는 너무 멀었다. 일본에서 출발하는 직항편은 없고, 텍사스주 댈러스나 뉴욕을 경유하는 환승편을 이용해야만 했다. 고민 끝에, 어차피 간다면 이참에 오고 갈 때 뉴욕에 들러 시간을 내서 예전에 방문했던 장소를 다시 찾아보는 것도 나쁘지 않겠다고 마음을 고쳐먹었다. 이제 내 나이를 생각하면 앞으로 미국을 여행할 기회는 더 이상 없을지도 모른다는 생각도 들었다. 그러자 먼 옛날 기억의 단편도 되살아났다. 좋은 기억만이라고는 말할 수 없지만, 나라는 인간의 중요한 일부를 이루고 있는, 그런 절실한 기억이다. 그 기억들은 내 속에 있는 '선한 아메리카'의 기억과도 연결된다.

이런 까닭으로 나의 미국 인문 기행을 시작한다. 출발하면서부터 아끼던 모자를 잃어버리긴 했지만.

러네이 플레밍.

데자뷔

도착한 당일 밤, 러네이 플레밍Renée Fleming(1959~)의 리사이틀을 듣기 위해 카네기 홀로 향했다. 이 공연 티켓을 일찌감치 예약하고 거기에 맞춰 항공권을 구한 것이나 마찬가지다. 지금까지 몇 번이나 러네이의 리사이틀을 들었지만, 가장 좋았다고 기억되는 공연은 2005년 루체른 페스티벌이었다. 아직 살아 있던 클라우디오 아바도Claudio Abbado(1933~2014)가 지휘하는 페스티벌 오케스트라의 공연이었다. 러네이가 등장하자 무대 위로 꽃이 큰 원을 그리며 활짝 피어나서 홀 전체가 화려한 색깔로 물드는 듯했다. 모든 사물의 윤곽이 극도로 부드럽고 깊이 있는 노랫소리와 함께 녹아들어 갔다. 지상에 이런 목소리가 있다니……. 기적을 만난 것 같았다. 그 밖에도 러네이 플레밍은 메트로폴리탄 오페라 라이브 뷰잉(영화관 중계 상영)에서 본 오페라 「예브게니 오네긴」의 타치아나, 「장미의 기사」의 원수 부인, 「카프리치오」에서 시인과 음악가로부터 동시에 사랑을 받은 백작 부인, 「타이스」의 타이틀 롤 등등…… 맡은 배역마다 뛰어난 목소리를 들려줬다. 바로 그녀가 지금 자신의 음악 인생의 절정기를 통과하는 중이다. 이것만으로도 직접 들어야만 한다는 생각이 들었다.

카네기 홀.

러네이 플레밍은 체코계 이민자의 자손이다. 음악 교사였던 부부의 딸로 펜실베이니아주 인디애나에서 태어나, 뉴욕주 로체스터에서 자랐다. 영어 외에도 이탈리아어, 독일어, 프랑스어, 체코어, 러시아어 등으로 노래를 부른다. 플레밍의 노래는 발음이 명료하여, '가사가 귀에 쏙쏙 들어온다'고 알려져 있다. 천부적인 재능이라고 할 수 있다.

우리 부부는 어퍼이스트사이드에 있는 아파트의 방 하나를 숙소로 잡았다. 거기에 짐을 풀고, 옷을 갈아입은 후, 지하철과 도보를 이용해 카네기 홀로 향했다. 하지만 긴 여행 탓에 시간과 거리 감각이 헝클어졌던 듯, 공연 시작은 오후 8시였는데 6시 조금 지나 도착해버렸다. 어쩔 수 없이 높은 마천루로 둘러싸인 거리를 무작정 걸어, 교차로를 중심에 두고 카네기 홀의 대각선 맞은편에 자리 잡은 어느 카페로 들어갔다. 가게는 아직 텅 비어 있었고 키가 큰 웨이터들이 여유롭게 서 있었다. 넓은 창문과 맞닿은 자리에 F와 나란히 앉았다. 창밖으로 해 저물 무렵의 맨해튼, 확 트인 도로 건너편에 카네기 홀 빌딩이 보였다. 높은 빌딩 골짜기 틈 속으로 하늘은 아주 조금밖에 보이지 않았다. 도시의 빛깔이 느릿느릿 저녁에서 밤으로 변해갔다. 하나둘씩 네온이 켜지기 시작하고 다양한 차림새의 남녀들이 엇갈리며 지나간다. 이런 모습을 창

에드워드 호퍼, 「나이트호크스」, 1942년, 캔버스에 유채, 시카고 미술관, 시카고.

너머로 바라보고 있자니, 마치 무성영화의 슬로모션이라도 보고 있는 것 같았다.

　아, 데자뷔…….

　그때, 강한 기시감이 덮쳐왔다. 동시에 에드워드 호퍼^{Edward} ^{Hopper}(1882~1967)의 작품 「나이트호크스」가 뇌리에 또렷하게 떠올랐다. 지금 내 모습은 그 그림 속 남자와 같지는 않을까. 하지만 이미 모자를 잃어버린 나는 맨머리다.

30년 전

이때 느낀 기시감은 이런 장소에 와본 적이 있다든가, 이런 풍경을 본 적이 있다는 식의 감각과는 조금 다르다. 이중의 기시감이라고도 말할 수 있을 텐데, 아마 '이런 장소에서 호퍼의 그림을 떠올렸던 적이 있다.'라고 말할 정도의 느낌인 셈이다. 젊은 시절에는 해외여행을 하고 있으면 유난히 자주 기시감에 휩싸이곤 했다. 내 정신에 어떤 분열의 기미가 있기 때문일 것이다. 그런 기질도 얼마간 잠잠해졌지만, 30년 만에 뉴욕에서 갑자기 되살아났다.

　유명한 작품이기에 그 이전에도 보아왔지만, 30년 전의 나는

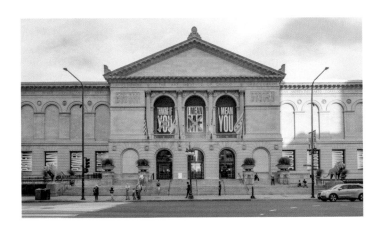

시카고 미술관.

시카고에도 간 적이 있으니 아마 시카고 미술관에서 실물을 보았을지도 모른다. 긴 여행이 끝나갈 무렵의 어느 날, 이 그림에 나온 듯한 가게에 앉아 있었다. 옆에는 여성 한 명이 함께였다. 미국에 영주하는 재일조선인이던 그녀, 가명으로 B 씨라고 해두자.

나 같은 사람이 미국에 가면, 길 안내부터 통역에 이르기까지 누군가의 도움 없이는 도통 움직이기 힘들다. 특히 자동차를 태워줄 협력자가 필요하다. 진보적 재미한국인, 미국인 시민운동가, 일본계 미국인 중에도 친절한 사람들이 있었다. 성소수자 해방운동을 하던 사람들과도 알게 되었다. B 씨는 그런 식으로 나를 도와주던 사람들 중 한 명이었다.

나는 꽤 이름이 알려진 정치범의 가족이어서 가는 곳곳마다 구호운동 관계자들이 마중을 나와 안내해주었다. 나에게는 프라이버시가 없었다. 지방 공항에 도착하면 '반드시'라고 해도 좋을 정도로 누군가가 나를 기다리고 있었다. 그들은 자기 자동차로 나를 태워 집회 장소와 숙소까지 데려다주었다. 물론 고마운 일이었지만, 나는 그 사람들이 어떤 단체에 속해 있고, 어떤 정치적 입장에 서 있는지 막연하게밖에 알 수 없었다. 때때로 일정이 비어 있는 날이면, 아마도 선의에서였겠지만, 누군가가 "안내해 드릴게요."라고 꽤 집요하게 말을 건네온 적도 많았다. 상대방이 기분

나쁘지 않게 혼자서 시간을 보내고 싶다는 의사를 전하는 일이 나에게는 쉽지 않았다. 어디에 가실 생각이냐고 물어와서 '미술관'이라고 답하면 농담이라고 생각했는지 의아한 표정을 짓는 사람도 있었다. 그렇게 물어오는 사람과 맞닥뜨릴 때마다, 나를 감시하고 있는 '기관원'일지도 모른다는 경계심을 씻을 수 없었다.

나는 미숙하고 완고한 젊은이였다. 누구에게도 쉽게 마음을 열지 못했다. 먼저 커뮤니케이션 문제가 있었다. 상의를 하고 있을 때도, 그것이 영어이건 한국어이건 당시의 나는 자세히 이해할 수 없었다. 모두가 사사로운 일로 농담을 주고받으며 웃고 있을 때, 뭐가 우스운 걸까 알 수 없어서 상처받기도 했다. 누군가의 집에서 회의가 있던 어느 날, 내가 앉아 있던 의자가 갑자기 망가져서 바닥에 엉덩방아를 찧고 말았다. 그 자리에 있던 사람들이 모두 재미있어하며 웃었지만 나는 웃을 수 없었다. 누군가가 돌아가기 전까지는 나를 숙소까지 데려다줄 사람도 없었다. 사람들은 한가롭게 담소를 나눴고 나는 한시라도 빨리 숙소로 돌아가고 싶었지만, 그 말조차 꺼낼 수 없었기에 그저 잠자코 참을 수밖에 없었다. 지금 생각하면 부끄러운 일이다. 30년 후에 찾아온 데자뷔의 감각이 그때의 긴장감과 불안을 또렷이 되살려냈다.

여행은 끝나가고 한산한 카페에서 B 씨와 나란히 앉아 있었

던 그날, 호퍼의 그림이 머릿속에 떠올라 '아아, 나는 지금 저 그림 속에 있는 것 같아.'라고 그때 생각했다.

삶은 달걀

B 씨는 그때 마음을 터놓은 많지 않은 사람 중 하나였다. 그녀에 게만은 경계심을 해제할 수 있었다. 아마 그녀에게도 나는 동정의 대상인 동시에 경계하는 마음을 품지 않을 수 있는 존재였을 것 이다. B 씨는 나보다 두세 살 연상으로 일본의 간사이 지방 출신 이었다. 일본 사회가 소수자를 압박하는 폐색감을 참아낼 수 없 어 이민을 마음먹었다고 했다. 미국에서 결혼했지만 이혼하고 싱 글맘으로 사춘기 아들을 키우면서 힘겹게 사는 사람이었다. 큰 병을 앓아 몇 번이나 수술을 받았다고도 들었다.

B 씨는 다른 사람들과는 별로 말을 하지 않았지만 나와는 간 사이 사투리가 섞인 일본어로 이야기를 나누었다. 무언가 마음에 들지 않는 일이 있으면 "그건 노 상큐No thank you여~"라며 선술집 여주인과 같은 말투로 소리 높여 웃었다. 취해서 부르는 노래는 일 본의 엔카(대중가요)였다. 음악이나 미술과 관련된 취향은 나와는

전혀 맞지 않았지만, 재일조선인으로서 가졌던 근심과 울분은 공
감할 수 있었다. 풋내 나는 고정관념에 사로잡혀 있던 나는, 정작
내 자신의 상황은 모른 체하고, 한국인인데도 일본어를 쓴다거나
일본 가요를 부른다며 꽤 비판적으로 그녀를 바라보기도 했다.
돌아보면 집회나 회의에서 익숙지 않은 영어나 한국어로, 그것도
내 형제가 지금 어떤 고문을 받고 있는가 같은 무거운 내용을 말
하는 것은 마음이 뒤틀리는 일이었다. 그랬던 나는 B 씨와 모어
(간사이 사투리의 일본어)로 대화를 나누며 나도 모르게 위로받고
있었던 셈이다. 당시의 나는 아직 그런 나를 인정하고 싶지 않았
을지라도.

 미국에서 생활하는 외국 출신자들도 어떤 의미에서 출신국
과의 관계를 유지하는 커뮤니티에 속해 있다는 점을 여기 와서 알
게 되었다. 한국 출신자의 경우는 교회를 중심으로 하는 커뮤니
티가 많았다. 그러한 공동체가 아예 존재하지 않는 곳에서 살아
가야 한다는 것은 보통 사람들에게 틀림없이 무척이나 곤란한 일
이었을 것이다. 하지만 B 씨의 사정은 더욱 어려웠다. 그녀는 재미
한국인도 아니며, 일본계도 아니었다. 재일조선인이라서 한국 출
신자와 언어나 습관의 차이가 있었고, 기독교인도 아니었다. 한국
어도 영어도 쓸 수는 있었지만 네이티브처럼 유창하지 않았다. 직

Metropolitan Opera House

Carnegie Hall

Alice Tully Hall

업도 연구자나 활동가가 아니라 요리사였다. 어디에도 속할 커뮤니티가 없었기 때문에, 일본계 사람들 커뮤니티의 한구석에 있었다. 물론 일본계 중에서도 진보적 의식을 가진 사람들의 작은 커뮤니티였다. 그런 B 씨는 나를 지원하는 사람들 중에서도 이질적인 소수자였다. 다만 당찬 성격이고 죽는 소리 같은 건 하지 않아서, 타인의 동정은 '노 상큐'였다.

얼마나 힘겨운 삶이었을까, 얼마나 불운했을까. 심약한 나는 바로 그런 생각을 해버렸다. 미국 한구석에서 만난 이 불운한 여성, 조금이라도 그녀에게 도움이 될 수 있다면 나 같은 인간에게도 살아가는 의미가 있는 것은 아닐까.

그렇지만, 그 생각을 입 밖으로 내지는 않았다. 그런 말을 입에 담는다면 도리어 상처를 주게 되기 때문이다. 그녀의 마음이 어떨지 알 수 없다. 나 같은 사람의 쓸데없는 참견은 '노 상큐'일지도 모른다. 게다가 내가 할 수 있는 것이 과연 무엇일까. 나는 직업도 없는 젊은이였고 병든 자였다. 정치범의 가족이며 매일같이 옥중에 있는 형들의 석방을 호소하며 다니면서도 마음속으로는 그들이 살아서 출옥하리라는 희망을 거의 갖고 있지 않았다. 나 자신의 내일이 어떨지조차 전혀 내다볼 수 없었다. 그녀를 동정하면서 실제로는 자신이 위로받고 싶었던 것뿐이지는 않았을까.

에드워드 호퍼.

나와 B 씨는 호퍼의 그림처럼 한산하고 고요하기 그지없던 카페에서, 서로의 고독을 강하게 느끼면서 말없이 한참을 앉아 있었다. 입을 열면 돌이킬 수 없는 무언가를 말해버리고 말 것 같았기 때문이다.

일본으로 돌아가는 날, B 씨는 공항까지 배웅을 나와, "비행기에서 먹어."라며 오늘 아침 삶았다는 달걀을 대여섯 개 건네줬다. 언젠가 내가 삶은 달걀을 좋아한다고 했던 말을 기억하고 있었던 게다.

그때의 감각이 30년 후에 되살아났다. 거꾸로 말하면 60대 중반을 지난 내 자신이 뜻하지 않게 30대로 다시 돌아간 셈이다. '젊다'고 해서 반드시 즐겁고 기쁜 것만은 아니다. 오히려 모든 일에 어쩐지 어색하고 미숙하며, 가시가 돋혀 있으며, 더할 나위 없이 고독하기도 하다. 그런 감각까지 맨해튼에서 되살아났다. 30년 전의 나는 광기와 죽음의 갈림길에 있었다고 생각된다. 그 갈림길의 저편으로 사라져버린 지인들도 적지 않다. 그때 나는 지금 이 나이까지 살아 있으리라고는 상상할 수도 없었다. B 씨는 지금도 건강할까. 그때의 일을 생각해낸 것도 호퍼의 작품이 가진 힘 때문이다.

에드워드 호퍼는 1882년, 뉴욕주 나이액에서 태어났다. 「나

에드워드 호퍼, 「자동판매기 식당」, 1927년, 캔버스에 유채, 디모인 아트 센터, 디모인.

이트호크스」는 심야의 다이너(간이 식당)에 앉아 있는 사람들을 그린 작품으로 「밤을 지새우는 사람들」이라는 제목으로도 불린다. 1942년, 즉 제2차 세계대전 중에 제작한 그림이다. 심야 식당에 앉아 있는 남녀는 어떤 관계일까. 어떤 대화를 나누고 있는 걸까. 아니면 어떤 이야기도 하고 있지 않은 것은 아닐까. 이 그림은 바라보는 자에게 다양한 상상을 불러일으킨다. 호퍼가 그린 도회 풍경에는 대부분 이렇게 투명하고 비통한 공기가 감돈다. 나에게 있어서 그것은 미국 대도시의 공기 그 자체인 셈이다.

또 한 점, 내가 좋아하는 호퍼의 작품을 들자면, 1927년작 「자동판매기 식당」이다. 틀림없는 호퍼 특유의 도회 풍경이다.

러네이와 카리타

겨우 입장 시간이 되어 나와 F는 카네기 홀로 들어갔다. 러네이 플레밍의 그날 밤 레퍼토리는 슈만Robert Schumann(1810~1856)의 연가곡 「여인의 사랑과 생애」를 비롯해, 라흐마니노프Sergei Vasil'evich Rakhmaninov(1873~1943), 드뷔시Claude Debussy(1862~1918), 그리고 퍼트리샤 바버Patricia Barber(1955~)라는 현대 미국 작곡가의 가곡이었

앨리스 튤리 홀.

다. 무대에 나타난 러네이는 변함없이 화려했지만, 노래는 기대한 정도까지는 아니었다. 내가 시차로 멍해진 탓에 집중력이 떨어졌기 때문일지도 모른다. 누구에게라도 찾아올 가혹한 운명이지만, 그녀도 절정의 시기를 지나고 있는 것일지도 모른다. 세기의 소프라노 러네이 플레밍의 쇠락. 만약 내가 그러한 장면을 목격한 것이라면, 그 역시 나쁘지는 않겠구나, 라고 생각했다.

다음 날인 3월 10일에도 우리는 가곡 리사이틀을 듣기 위해 나섰다. 링컨 센터의 앨리스 튤리 홀에서 열리는 핀란드 출신의 소프라노 카리타 마틸라^{Karita Mattila}(1960~)의 콘서트였다. 곡목은 브람스^{Johannes Brahms}(1833~1897), 바그너^{Wilhelm Richard Wagner}(1813~1883), 베르크^{Alban Berg}(1885~1935), 그리고 리하르트 슈트라우스^{Richard Strauss}(1864~1949)의 가곡. 꽤 예전 잘츠부르크 음악제에서 그녀의 노래를 듣고 마음을 빼앗긴 적이 있다. 그때는 연주회장 전체가 옅은 자줏빛으로 물드는 것 같은 느낌이었다. 러네이 플레밍과는 한 살 차이인 1960년생. 두 사람 모두, 메트로폴리탄 오페라의 간판 성악가다. 뉴욕에 도착하자마자 두 성악가를 비교하며 들을 수 있었던 셈이다.

결과부터 말하자면, 이번에 들은 카리타의 노래는 곡목 선정 때문이었을까. 약간 어둡고 깊으며 미끈미끈한 액체와 같은 광

카리타 마틸라.

택이 있어서 러네이보다 내 취향에 맞았다. 이러한 그림자 짙은 독일계 가곡을 부를 때도 그녀의 의상은 화려하고 몸놀림은 오히려 섹시하다. 카리타의 공연을 바라보고 있으면 마치 내가 1930년대 베를린의 어느 카바레에 있는 듯한 기분이 든다. 유대인 차별과 배외주의를 부르짖는 나치가 대두하여, 세상 사람들이 '설마'라고 중얼거리는 사이에 히틀러가 정권을 잡았다. 제2차 세계대전의 군홧발 소리가 가까이서 들려왔던 시대다. 지금은 2016년의 뉴욕, 트럼프(당시는 대통령 후보)의 노골적인 인종차별과 전쟁 도발이 먹구름처럼 세계에 나지막이 드리워지고 있다. 많은 사람들이 불안에서 눈을 돌리듯, "설마 그가 대통령이 되는 일은 없겠지."라고 중얼거린다.(이러한 낙관은 나중에 배반당한다.) 나는 카리타 마틸라의 노래에 도취되면서 동시에 세계 전체가 몰락해가는 어두운 예감으로 가득 차 있었다.

2장

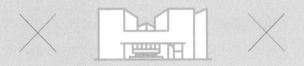

워싱턴 D.C.

주여, 언제까지입니까? 영영 숨어 계시렵니까? 언제까지 주님의 진노를 불처럼 태우려고 하십니까? 내 인생이 얼마나 짧은지 기억하소서. 주께서 모든 인생을 얼마나 허무하게 창조하여주셨는지를 기억해주소서.(「시편」89편 46~47절)

소식지

30여 년 전 이야기를 조금 더 이어가보자.

미국의 여러 도시를 돌았던 나는 워싱턴 D.C.에 비교적 오랜 시간 머물렀다. 수도인 만큼 미국 정부나 각 정당을 향한 로비 활동을 펼치기 위해 다양한 인권단체가 워싱턴에 사무실을 두고 있었다. 나 역시 그중 하나였던 초교파적 기독교계 단체에 신세를 지게 되었다. 그곳을 거점 삼아 미국 국무부 인권국의 담당관을 만나기 위한 활동을 이어갔다. 특히 사회안전법의 비인도성과 반인권성을 알려서 국무부가 간행하는 연차보고서에 반영시키는 일이 목표였다. 나의 형 서준식이 바로 사회안전법의 희생자이자, 옥중에서 그 부당함을 고발한 자였다. 서준식은 징역 7년의 형기를 이미 마쳤음에도 불구하고 '재범의 우려가 있다'는 이유로 형

위싱턴 암트랙 철도 유니언역.

기가 연장되었다. 2년마다 5월이 되면 연장된 형기의 갱신 시기가 다가왔다. 그날을 앞에 두고 우리 가족이나 관계자들은 그가 석방될 가능성에 실낱같은 기대를 품었다. 하지만 무자비하게도 형기는 언제나 '갱신'되었다. 어머니가 일본의 병원에서 세상을 떠났을 때도 그랬다.

나를 지원해주던 인권단체 사무실은 미합중국 국회의사당 근처에 있었다. 암트랙Amtrak(전미여객철도공사) 철도 유니언역에서도 멀지 않았다. 찾아가 보니 예상외로 좁고 작은 방이었다. 거기서 국무부를 포함한 각 기관이나 저널리스트와 인터뷰를 소개해주었다. 국무부 같은 경우는 특히 그랬지만, 그쪽에서 시간이 빈다고 연락을 주기까지 경우에 따라서는 며칠 동안 인내심을 갖고 기다려야만 했다.

작은 사무실에는 스태프 몇 명이 소식지 발송 작업을 하고 있었다. 주된 내용은 한국에서 전해오는 인권 관련 소식이었다. 일본에서도 이 단체의 뉴스레터를 몇 번 본 적이 있었다. 멀리 미국 워싱턴에서 보내오는 통신을 보면서 나는 어째선지 젊은 활동가들이 바쁘게 일하는 활기찬 모습을 떠올렸었다. 하지만 직접 목격한 작업 풍경은 내 상상과는 크게 달랐다. 더딘 수작업이었다. 무엇보다 활동 자금이 부족해 쪼들리는 모습이 한눈에도 들

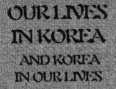

『한국에서의 우리의 삶, 그리고 우리 삶에서의 한국』표지.
조지 E. 오글 목사와 그의 부인 도로시 오글이 썼다.

어왔다.

스태프 중에는 여성이 둘 있었는데 한 사람은 당시 40대 중반쯤이었을까, 젊어서 한국을 떠나 세계 각지의 현장에서 노동을 하면서 전도 활동을 펼쳐왔다는 수녀였다. 일본의 가와사키시에서도 활동한 적이 있다고 했다. 경험이 풍부하고 쾌활하고 명랑한 이였다. 나는 그를 '누나'라고 부르며 서툰 조선어로 이야기를 나누곤 했다. 또 한 사람은 재미한국인 여자 대학생. 사회학인지 정치학인지를 전공하고 있었는데, 당시 미국에서 일반적으로 그러듯 이런 민간단체에서 인턴으로 활동하며 현장 경험을 쌓는 중이었다. 그녀는 명석했지만 꽤 차분한 성격이라 '누나'와는 대조적으로 말수가 적었다. 두 사람 모두 가난했다. 대학생은 늘 해진 구두를 신고 다녔는데 터진 구멍 사이로 하얀 발가락이 보였다.

소식지 발송 작업 중인 사람들 중에는 조지 E. 오글George E. Ogle 목사의 부인도 있었다. 겉치레에는 신경 쓰지 않는 초로의 부인이었다. 꽤 까다로운 사람 같다는 인상을 받았던 이유는 내가 아직 미숙했던 탓이고, 영어를 마음대로 구사하지 못해서 커뮤니케이션이 잘 이루어지지 않았기 때문이었을 것이다. 오글 목사 부부의 이름은 당시 일본 잡지나 신문에서도 보도되었기 때문에 당연히 나도 알고 있었다.

National Gallery of Art
West Building

National Gallery of Art
East Building

The White House

1964년 8월, 한국 중앙정보부는 북한의 지령을 받은 반국가
단체 인민혁명당 관계자 41명을 검거했다고 발표했다(제1차 인혁
당사건). 그렇지만 실제로 검찰이 기소할 수 있었던 사람은 13명뿐
이었고, 최종적으로는 3명에게 징역 6년, 다른 10명에게는 징역
1년·집행유예 3년이라는 유죄 판결이 내려졌다. 빈 껍데기일 뿐
인 날조 사건이었다. 1970년대 전반 한국 사회는, 1972년 박정희
유신독재 정권이 들어서고 1973년 김대중 납치 사건으로 인해 반
정부 민주화운동이 고양되던 시기였다. 그런 상황에서 정권은 전
국민주청년학생총연맹(민청학련) 관계자를 적발하고(민청학련 사
건), 1974년 4월 국가보안법 위반 혐의로 총 23명을 체포했다. 그들
의 죄상은 "인혁당을 재건하여 민청학련의 국가 전복 활동을 지
휘한 점"이었다. 다음 해인 1975년 4월 8일, 대법원은 피고인 8명
에게 사형을 선고하고 판결로부터 불과 18시간 후인 9일 아침에
형을 집행했다. 오글 목사 부부는 국가에 의한 무자비한 살육 행
위에 당당히 항의했던 몇 안 되는 사람들 중 하나였고, 그 까닭으
로 한국에서 강제로 추방당했다. 인민혁명당 피고의 사형 집행은
박정희 시대의 한국을 상징하는 사건이었다.(2005년에 한국 국가정
보원이 이 사건이 중앙정보부의 조작이었다고 발표했고, 이어 2007년 사법
부(서울중앙지법)는 사형이 이미 집행된 8명에게 무죄판결을 내렸다.)

윌리엄 블레이크, 「느부갓네살」, 1795~1805년경, 종이에 인쇄, 잉크와 수채, 테이트 브리튼, 런던.

피투성이 그림들

"주여, 언제까지입니까······."

이 문구는 말 그대로 끝이 없을 어두운 밤과 같았던 그 당시, 많은 한국인들이 공유했던 말버릇과도 같았다. 나도 그들 중 하나였다. 다만 나는 이 말이 입 밖으로 나오려고 할 때마다 당황해서 삼켜버리기 일쑤였다. 신을 믿지 않는 스스로를 자각했기 때문이었고, 한편으로는 '언제까지'라고 물어봤자 희망적인 대답 따위는 있을 것 같지 않았기 때문이다.

이 말은 앞에 인용한 구약성서 시편에서 비롯되었다. 당시 일본에서 읽은, 한국 민주화운동 정보를 전해주던 소책자에 윌리엄 블레이크William Blake(1757~1827)의 회화 작품 「느부갓네살」과 함께 게재되어 있던 이 글귀를 생생히 기억한다. 이 작품은 구약성서 다니엘서에 등장하는 느부갓네살(네부카드네자르)의 이야기를 제재로 삼았다. 바빌로니아의 왕 느부갓네살 2세는 교만의 죄악에 빠졌고, 그 벌로 풀을 먹는 수소처럼 살아가게 되었다는 이야기다.

우리 옆방에는 필리핀에서 온 무리가 작업 중이었다. '단테'라고 불렸던 리더 격의 인물은 싹싹한 성격의 남자였는데 명랑하

베니그노 아키노.

고도 활달한 목소리로 나를 격려해주곤 했다. 필리핀은 당시 마르코스 정권의 독재 아래에 있었다. 야당의 유력한 정치가 베니그노 아키노Benigno Aquino(1932~1983)는 마르코스에 의해 사실상 미국으로 추방된 상태였지만, 1983년 차기 대통령 선거를 목표로 정치 활동을 하기 위해 필리핀으로 귀국하기로 결의했다. 아키노는 경유지였던 타이베이에서 언론의 취재에 응하면서, 자신은 귀국하자마자 살해당할지도 모르며 "사건은 눈 깜짝할 사이에 종료될 것이다."라고 말했다. 예언은 현실이 되었다. 8월 21일 아키노가 탄 중화항공 비행기가 마닐라 국제공항에 도착하자마자 세 명의 군인이 진입하여 그를 밖으로 끌어냈다. 직후 총성이 들렸고 아키노는 머리를 맞고 즉사했다. 동행했던 취재진이 사건의 자초지종을 목격했고 아키노의 죽음을 전 세계에 알렸다. 이렇게 너무나 당당하게 벌어진 살해를 '암살'이라 하는 것은 틀린 말이다. 여러 사람이 보고 있는 대낮에 공공연히 자행된 살인이었다.

　나 역시 일본에서 그 보도를 반복해서 보았다. 세계는 피투성이가 되어가는 중이었다. 나 자신도 그런 피바다에 빠져 익사할 것만 같았다. 내가 처음 서양 미술 순례를 떠난 것은 1983년 10월. 아키노 살해 사건으로부터 두 달 정도 지난 뒤였다. 일시적이나마 '다른 세계'로 몸을 옮겨가고 싶었고, 어떻게 해서든 숨을 쉬고 싶

피플파워 혁명.
1986년 2월 23일, 필리핀 마닐라에서 대통령 선거가 끝난 후
사람들이 친마르코스 정부군을 막고 있다.

었다. 하지만 미술 순롓길에서 닿는 곳마다 나를 끌어당긴 작품 역시 역사 속 잔혹한 장면을 그린 피투성이 그림들이었다.

마르코스 정권을 향한 반발은 아키노 살해 사건에서 촉발되어 필리핀 국내외로 번져나갔고 고인의 유지를 이어 부인 코리(코라손) 아키노^{Corazon Aquino}(1933~2009)가 1986년 대통령 선거에 출마했다. 선거관리위원회는 마르코스의 승리를 선언했지만 민중은 '부정선거'라고 항의하며 봉기했다(피플파워 혁명 혹은 옐로 혁명). 마르코스 일가는 하와이로 망명했고 코리 아키노가 대통령에 취임했다. 내가 워싱턴을 방문했던 무렵은 바로 이 '옐로 혁명'의 전야에 해당했다. 거기서 만났던 필리핀 활동가는 내 눈에 모두 의기양양하고 꿋꿋한 의지를 가진 사람들처럼 보였다. 도래할 승리를 확신하고 있는 듯 느껴졌다. 부끄러운 이야기지만 그들처럼 낙관주의자가 되는 일은 나에게 가능하지 않았다.

워싱턴 체류가 제법 길어질 무렵, 재미동포 유지 한 사람이 저녁 식사 자리에 초대했다. 한국 식당에서 포토맥강의 명물인 게 요리를 먹었다. 값비싸고 맛있는 음식이었다. 하지만 돌아오는 차 안에서 몸에 이상이 느껴졌다. 온몸의 피부가 참을 수 없이 가려웠다. 운전해주던 동포 청년에게 알리려고 했으나 그러지 못했다. 생각해보니 나는 영어로도 우리말로도 '가렵다.'라는 말을 알지

선거 유세에 나선 코리 아키노.

못했다. '안전보장법'이라든지, '기본적 인권'이라든지, '천장에 매달려 매질을 당하는 고문'과 같은 말은 영어로도 한국어로도 가능했다. 찾아갔던 곳곳에서 그런 이야기만 했기 때문이다. 그렇지만 '가렵다.'라는 간단한 말조차 할 수 없었다. 일본에서 나고 자랐기 때문에 일본어 이외에는 일상생활을 위한 어휘를 알지 못했던 탓이다. 나는 너무 피곤해서 신경과민 상태였다. 호들갑스러운 말이겠지만 그때 차 안에서 "몸이 가려워요."라고 말하지 못하는 이유만으로도 망명자라도 된 듯 마음속 저 밑바닥에서 고독감과 비애가 솟아올랐다.

차창 밖을 보니 언뜻 People's Drug라는 간판이 보였다. '번역하면 인민 약국쯤 되려나…….' 멍하게 그런 생각을 하면서 지나갔을 따름이다. 아주 잠깐 지나 퍼뜩 깨달았다. '알레르기'라는 말이 머릿속에 떠올랐던 것이다. 운전하는 청년에게 차를 좀 세워 달라고 부탁하여 그 가게에서 항히스타민제를 사 먹고 위기에서 벗어날 수 있었다.

그런 나날들 사이사이에 나는 내셔널 갤러리에 종종 발길을 두곤 했다. 인권단체 사무소에서도 가깝고 무엇보다 입장료가 무료였다. 내셔널 갤러리의 역사는 1937년에 은행가 앤드루 멜런Andrew Mellon이 미술관 설립을 위한 기금과 자신의 컬렉션을 연방

워싱턴 내셔널 갤러리 서관.

정부에 기증하면서 시작됐다. 그다지 긴 역사는 아니다.

내셔널 갤러리에는 레오나르도 다 빈치Leonardo da Vinci(1452~ 1519), 렘브란트Rembrandt van Rijn(1606~1669), 페르메이르Jan Vermeer (1632~1675), 고흐, 모네Claude Monet(1840~1926), 피카소Pablo Picasso (1881~1973), 고갱Paul Gauguin(1848~1903)의 작품을 비롯한 걸작이 널려 있었다. 실로 '보물 창고'라고 하지 않을 수 없었다. 모딜리아니가 그린 「수틴의 초상」과 같은 예외는 있었지만, 놀랄 만한 발견이라 할 작품은 그다지 없기도 했다. 그렇다고 기대 이하였던 것은 아니다. 나와 같은 '망명자'가 잠시 팽팽해진 신경을 누그러트리며 쉬기에는 최적의 장소였다. 다만 이런 유럽 회화의 '명품'들을 바라보고 있으면 대부호가 응접실에서 뽐내던 컬렉션을 구경하는 듯해서 피렌체와 파리, 런던에서 보았을 때 같은 감흥이 생겨나지 않았던 것도 사실이다. 신흥국 미국의 큰 부자가 자기의 문화적 뿌리를 향한 동경과 콤플렉스 때문에 아낌없이 돈을 들여사 모은 작품들……. 그런 나의 선입견이 방해한 것이었을까. 그 선입견이 반쯤은 맞다고 해도, 그때는 공부가 부족했던 탓에 그리 단순하게 생각했다는 사실을 나중에 깨닫긴 했지만.

게다가 내셔널 갤러리의 미국 미술 전시실에도 그다지 발길이 가지 않았다. 이 역시 '미국 미술'에 대한 내 무지와 편견 탓일

조지 벨로스, 「이 클럽의 두 회원」, 1909년, 캔버스에 유채, 내셔널 갤러리, 워싱턴.

것이다. 시간이 좀 넉넉했던 어느 날, 별 기대 없이 그 방에 들어가 보았다. 역사가 짧은 나라이기 때문일까, 이탈리아나 프랑스의 미술관을 보아온 눈에는 깊이도 매력도 부족하게 느껴졌다. 화가들도 앤드루 와이어스Andrew Wyeth(1917~2009), 메리 커샛Mary Cassatt(1844~1926) 등 몇 명을 제외하고는 모르는 이름뿐이었다.

그중에서 뜻밖에 발을 멈춘 채 넋 놓고 본 작품이 바로 조지 벨로스George Bellows(1882~1925)의 「이 클럽의 두 회원」이었다.

정말이지 당시의 내 기분과 어울리는 작품이었다. 보고 있자니 말로 이루 표현 못할 처참함이 마음 깊은 곳에서부터 복받쳐 올라왔다. 단순히 주먹질을 하는 행위뿐만 아니라, 이를 구경거리로 삼아 도박을 하는 인간이라는 존재가 지닌 너무나도 명백한 어리석음과 잔혹함. 그것은 억울한 정치범 여덟 명을 순식간에 처형해버리는 행위, 야당 정치가를 공항에서 사살하는 행위와도 어딘가 서로 통한다.

뉴욕주에서는 1900년부터 10년간 일반인을 대상으로 한 권투 시합이 법률로 금지되어 있었기 때문에 회원제 나이트클럽에서 이루어졌다고 한다. 외면하고 싶지만 빨려 들어가듯 링 사이드의 관객에게 눈길이 가고 만다. 어둠 속에서 폭력과 낭자한 유혈에 흠씬 취해 흥분한 얼굴들은 고야Francisco de Goya y Lucientes

프란시스코 고야, 「마녀들의 연회」,
1820~1823년, 유화 기법으로 그린 벽화를 캔버스로 옮김, 프라도 미술관, 마드리드.

(1746~1828)의 연작 '검은 그림'(예를 들면「마녀들의 연회」)을 떠올리게 만든다. 혹은 히에로니무스 보스^Hieronymus Bosch(1450?~1516)의「십자가를 진 그리스도」에 그려진 인간의 사악한 표정을…….

화가 벨로스에 대해서는 아무것도 몰랐다. 오하이오주 콜럼버스에서 건축업자의 아들로 태어났던 그는 1901년부터 오하이오 주립 대학에서 영문학을 배우고, 농구와 야구 선수로도 활약했다. 아마추어 화가에게 그림을 배우다가 대학 졸업을 기다리지 않고 화가가 되기 위해 뉴욕으로 떠났다. 좋은 의미에서 아마추어 출신이라고 말할 수 있는, 말하자면 바닥에서부터 실력을 쌓아나간 화가다. 1911년부터 아트 스튜던츠 리그 오브 뉴욕^The Art Students League of New York에서 수학했고, 마흔두 살에 복막염으로 세상을 떠났다. 벨로스는 이른바 '애시캔파^Ashcan School' 화가에 속하며, 지난 글에서 이야기한 에드워드 호퍼도 그중 하나이다. 이들은 20세기 초반 뉴욕의 변두리와 노동자 계급 사람들의 생활을 사실적으로 그렸다. 드디어 미국을 그린 미국인 화가와 만났다는 생각이 들었다.

히에로니무스 보스, 「십자가를 진 그리스도」, 1515~1516년경, 패널에 유채, 겐트 순수미술관, 겐트.

미국 영화

벨로스를 본 다음 날, 나는 인권단체 여성 스태프 두 명에게 특별한 날은 아니었지만 평소의 감사를 담은 인사를 할 생각이었다. 암트랙 철도 유니언역의 상점가에 구둣방이 있었던 것을 떠올리고, 망설인 끝에 "선물을 하고 싶은데요⋯⋯."라고 말을 꺼냈다. 망설였던 것은 나 같은 풋내기가 여성에게 구두를 선물한다는 것이 너무 꼴같잖은 행위가 아닐까 생각했기 때문이다. 정치범의 가족인 나는 도움을 받고 있는 입장인데, 그런 말을 꺼내면 그들의 가난을 딱하게 여기고 있다는 오해를 사지는 않을까. 거절당한다면 사이가 괜히 어색해지지는 않을까. 그런 점이 마음에 걸렸다.

그렇지만 수녀님은 그 자리에서 "어머 좋아라."라며 너무나도 산뜻하게 제의를 받아주었다. 대학생도 미소를 띠면서 기쁜 기색을 보였다. 우리 셋은 밝은 햇살이 내리쬐는 워싱턴 거리를 함께 산책했다. 수녀님은 고민 없이 갈색 펌프스를, 대학생은 수녀님이 권했던 새빨간 펌프스를 골랐다. 두 신발 모두 그리 비싼 것은 아니었다.

두 사람은 그때까지 신고 있던 나달거리는 구두를 주저 없이 버린 뒤 새 신발로 갈아 신고 워싱턴 거리를 경쾌하게 걷기 시작했

조지 벨로스, 「잭 뎀프시와 피르포」, 1924년, 캔버스에 유채, 휘트니 미술관, 뉴욕. 뉴욕 현대미술관에서는 동일한 작품의 석판화 판본을 소장하고 있다.

다. 그 모습을 본 순간, 떠올랐다. '아, 이건 미국 영화다……' 담배 연기가 피어오르고 땀과 피가 튀는 벨로스의 그림 속 세계에서 구둣방 장면을 지나, 씩씩하고 시원스럽게 사라져 가는 두 여성의 뒷모습에 이르기까지, 마치 한 편의 미국 영화 같았다. 나 스스로도 그 영화 속 등장인물 중 한 사람이 된 듯한 기분이 들었다. 주연 배우는 필경 「허슬러」(1961)의 폴 뉴먼일까. 내 마음은 변함없이 어두웠지만 그래도 이 '미국 영화'로 인해 마음을 늘 뒤덮고 있던 검은 구름이 한순간만은 걷히고 맑아진 것 같았다.

그때로부터 몇 년 뒤, 필리핀의 피플파워 혁명보다 약 2년 정도 지나 한국의 민주화가 시작되었다. 1988년 5월, 서준식은 갑자기 석방되었다. 1990년 2월에는 또 한 명의 형 서승도 출옥했다.

2016년 다시 찾은 뉴욕에서도 나는 현대미술관(MoMA, 이하 모마)에서 벨로스의 「잭 뎀프시와 피르포」와 만났다. 옛날에 본 오래된 영화와 다시 조우한 듯한 감각이 찾아왔다. 그 쾌활하던 수녀는, 그리고 해진 구두를 신고 있던 대학생은 그 후 어떤 인생을 살아갔을까.

3장

디트로이트

우에노의 숲 미술관

2016년 가을, 도쿄에 있는 우에노의 숲 미술관上野の森美術館에서
'디트로이트 미술관 — 대서양을 건넌 유럽의 명화'라는 전시가
열렸다. 바로 반년 전에 다녀온 미국 여행 도중에는 들르지 못했지
만, 30년 전인 1986년에 디트로이트를 방문한 적이 있다. 물론 디
트로이트 미술관도 가보았다. 그때가 조금 그리워져 우에노로 나
섰다. 아니, 단지 그리움 때문만은 아니었다. 30년 전 폐허와도 같
던 그 공간에서 상식을 훌쩍 뛰어넘는 거대한 벽화를 만난 일이 정
녕 현실이었는지, 아니면 몹시 지쳐 정신적 균형 감각을 잃은 내 환
시였는지를 확인해볼 기회가 뜻하지 않게 찾아왔기 때문이었다.

　그 벽화는 디에고 리베라의 「디트로이트 산업」이다. 하지만
벽화 자체를 도쿄의 미술관까지 옮겨올 수는 없었을 테니 미술
관 입구에 복제화를 걸어두었다. 복제라고 부르기에도 조금 부
족한, 거대한 포스터 같은 형식이었다. 당연히 진품과는 비교할
수 없었다. 입장객의 관심도 '벽화'가 아니라 디트로이트 미술관
이 소장한 모네, 드가Edgar Degas(1834~1917), 르누아르Pierre-Auguste
Renoir(1841~1919), 고흐, 고갱 같은 근대 유럽 회화의 거장이 그린
작품을 향해 있었을 것이다.

디에고 리베라, 「디트로이트 산업」, 1932~1933년, 프레스코, 디트로이트 미술관, 디트로이트.

일본에서 열리는 서양 회화 전시는 아주 예전부터 인상파를 중심으로 한 19세기 후반 이후의 프랑스 회화에 편중되어왔다. 이런 전시 구성이 흥행으로 이어지므로 관람객을 동원하는 데 유리했다는 까닭도 간과할 수 없다. 그런데 이번 전시에는 에른스트 루트비히 키르히너Ernst Ludwig Kirchner(1880~1938)의 「달빛 아래 겨울 풍경」이 출품되어 반가웠다. 일본에서는 키르히너의 작품을 접할 기회가 그리 많지 않기 때문이다. 다른 이들처럼 나 역시 독일이나 스위스의 미술관에서 비로소 독일 표현주의의 매력에 눈떴다. 하지만 전시를 보러 간 첫 번째 목적은 디에고 리베라의 벽화였다. 복제화였지만 예전에 본 괴물 같던 벽화의 잔상이 되살아나 기억을 재구성할 실마리를 얻을 수 있었다.

1986년 10월, 미국 인권단체를 순회했던 여행에서 디트로이트까지 찾아갔다. 도시 외곽에는 일본 기업 주재원으로 발령이 난 옛 친구 U 군이 가족과 함께 살고 있었다. 오랜만에 U 군과 만나는 일도 디트로이트를 찾은 목적 중 하나였다. 옛 친구라고 했지만 중학교 1학년 때부터 벗이었기에 '소꿉친구'라고 말하는 쪽이 가깝겠다. 우리는 집도 가까워서 통학길에 같은 전철을 타며 자주 어울렸다. 학교에서 유일한 재일조선인이었던 나는 퍽 별난 학생이었다. 언제나 날 선 자세로 주변을 대했고 상당히 신랄한(오

에른스트 루트비히 키르히너, 「달빛 아래 겨울 풍경」,
1919년, 캔버스에 유채, 디트로이트 미술관, 디트로이트.

히려 '시건방진'이라고 말해야 정확할까.) 발언도 서슴지 않고 해댔던 반항아였다. 선생 입장에서는 분명 골칫거리였을 것이다.

중학교 2학년 때는 수학여행을 갔다. 학교 측은 학생에게 '표준복'을 입으라고 지시했다. 표준복이란 제복과는 달리, 의무적으로 입지는 않아도 되는 교복을 뜻했다. 학교는 "강제는 아니지만 표준복을 장려한다."라고 공고했다. 나는 평소처럼 스웨터 차림으로 여행에 참가했다. 나름의 독립심과 반항심 때문이었다. 집합 장소에 도착해보니 전교생 중 사복은 나 혼자였다. 친구들 대부분은 그런 반항아였던 나를 이해 못할 존재로 여기고 멀리했지만 U 군은 그렇지 않았다.

U 군

그는 다른 아이들보다 키도 작았고 말솜씨도 좋은 편이 아니었다. 그런 성격도 중학교 시절까지였고 고등학교에 진학하면서부터 다소 변화가 있긴 했지만. 당시 U 군에게 들었던 이야기 중에서 인상적이었던 것은 '세모 방'에 관한 내용이었다. 어느 날 그는 "초등학교 시절 세모 방에 들어갔었어."라고 말했다. "세모 방?" 하

고 묻자 "'미안합니다.'라고 사과하지 않는 아이를 벌주려고 가둬두는 방이야."라고 대답했다. 교사가 창고로 쓰는 계단 아래 삼각형 공간을 학생의 체벌을 위한 '감금실'로 사용했다고 한다. 그는 심한 비행을 저지를 아이는 아니었을 테니 그 방에 들어간 까닭은 아마 잘못을 해도 그럴싸한 변명을 못 했거나, 불필요하게 반항하는 태도 때문이었을 것이다. U 군이 나를 경계하지 않았던 이유는 반항적인 기질에서 서로 통했기 때문일지도 모른다.

나중에 두 형이 한국에서 정치범으로 구속되었을 때, 적지 않은 친구들이 지원 활동에 나서주었고 U 군 역시 그중 하나였다. 형들이 서울에서 첫 재판을 받게 되었을 때 골치 아픈 문제가 생겼다. 누군가 어머니를 곁에서 챙기면서 재판을 방청하고, 객관적 입장에서 돌아가는 상황을 일본에 알려주어야 했다. 무척이나 부담스러운 일이다. 당시는 일본의 보통 젊은이가 군사독재 정권 치하의 서울에 간다는 것 자체가 간단치 않은 시절이었다. 그런 어려운 일에 발 벗고 나서준 이가 U 군이었다. 그 친구라면 우리 어머니도 잘 알고 있으니 안심이었다. U 군은 법정에서 두 형에게 내려진 중형 판결을 끝까지 지켜보았을 뿐 아니라, 난로를 끌어안고 자살을 기도하다가 온몸에 큰 화상을 입은 큰 형의 참혹한 모습을 목격해야만 했다. 그는 그 무거운 임무를 담담히 완수했다.

당연하겠지만, U 군의 가족은 그런 일에 관련되어 서울까지 간다고 하니 심하게 반대했다고 한다. 부모 자식 간 싸움까지 무릅쓰고 어려운 일을 맡아준 셈이다. 그런 뒷이야기를 나는 시간이 꽤 흘러 알게 되었다.

U 군은 다른 사람과 잘 어울리며 시민운동에 힘을 기울이는 타입은 아니었다. 간단히 말하면 사회성이 부족한 사람이었고, 양심수 지원 활동에서도 중심 멤버가 되지는 못했다. 대학을 졸업하고는 일찌감치 중공업계열 기업에 취직하여 공장이 있는 규슈 지방 어느 도시로 부임했다. 그 뒤에 아프리카 자이르(콩고)에 파견 근무를 나가게 되었다. 콩고 남부에 위치한 카탕가주는 구리와 코발트 같은 지하자원이 풍부해서 U 군의 회사도 광산 개발과 운영에 뛰어들었기 때문이다. U 군은 대학에서 프랑스어를 전공했기에 프랑스 식민지였던 콩고에 발령이 날 수 있었다. 나도 대학에서 불문학과를 졸업했지만 내 프랑스어는 '카르티에 라탱^{Quartier} Latin(라탱지구; 학문의 중심지, 1968년 학생운동이 발발한 현장의 의미로도 쓰인다.)'의 말이었다면, U 군이 쓰는 프랑스어는 광산 현장에서 쓰는 말이었던 셈이다. 자이르에서 돌아와서 몇 년인가 지나 그는 디트로이트 지사로 떠났다.

나는 저 반항아가 일본의 기업 문화 속에서 무사히 살아남을

1910년대 디트로이트 포드 모터 컴퍼니.

수 있을까 몰래 걱정하곤 했다. 하지만 1986년에 다시 만난 U 군은 경험이 풍부하고 노련한 비지니스맨이 되어 대학생 때 결혼한 아내와 아이들과 함께 디트로이트 교외의 근사한 집에서 살고 있었다. 옛날과 마찬가지로 꽤 시니컬하고도 멋쩍은 웃음을 머금고서 나를 맞이해준 U 군은 회사에 휴가를 내고 나와 디트로이트 시내 인권단체 사무실까지 동행했다. 미술관에도 가보고 싶다고 부탁하자, 그 근처는 치안이 좋지 않다며 자동차로 데려다주었다.

디트로이트는 19세기부터 마차나 자전거 제조가 성행했던 공업도시다. 1903년에 헨리 포드가 양산형 자동차 공장을 세웠다. 뒤이어 제너럴모터스(GM)나 크라이슬러도 창업하여 자동차 공업이 중심이 된 대형 공업도시로 성장했다. 도시에는 자동차 공장에서 일하는 흑인 노동자가 많이 거주했다. 1910년대에 미국 남부에서 북부로 이주해온 사람들이었다. 제2차 세계대전 이후 백인의 교외 이주가 가속화되자 저소득층 유색인종 노동자는 도시의 좁은 주택가로 몰려들었고 치안도 빠르게 악화했다. 위험한 환경을 규제한다는 명목을 앞세운 경찰과 주민 사이에 골이 깊어져 일촉즉발의 상황이 이어졌다. 여기에는 1960년대부터 본격화된 공민권 운동이라는 시대적 배경도 자리하고 있었다. 그러던 와중에 1967년 경찰이 어느 술집에서 펼친 단속을 계기로 폭동이 일

1967년 디트로이트 폭동.

어났다. 폭동의 소용돌이 속에서 영업 중이던 싸구려 모텔 '알제 Algiers'에 난입한 경찰이 노골적인 인종차별을 하며 손님을 사살하는 사건이 벌어졌다. 결국 시 경찰, 주 경찰, 군인의 총격으로 흑인 세 명이 살해당했다. 하지만 이후 열린 재판에서 용의자 전원은 무죄판결을 받았다. 2017년에는 이 사건을 소재로 삼은 캐스린 비글로 Kathryn Bigelow 감독의 영화 「디트로이트」가 공개되기도 했다.

1885년에 창립된 디트로이트 미술관은 자동차 업계의 유력자들이 원조한 기금 덕분에 세계 굴지의 컬렉션을 갖출 수 있었다. 미국 공립 미술관 중에서 고흐와 마티스 Henri Matisse (1869~1954)를 처음 구입한 곳 역시 디트로이트 미술관이라고 한다. 디트로이트는 이른바 빅3(미국 3대 자동차 회사. GM, 포드, 크라이슬러)의 거점으로서 1950년대까지는 번영을 누렸다. 하지만 1970년대 오일쇼크 이후, 일본과 한국의 소형차가 보급되며 미국 자동차 산업은 사양길에 접어들기 시작했다. 2013년 여름, 디트로이트시가 재정 파탄에 빠지자 그 여파로 디트로이트 미술관도 소장 작품을 팔아야 할 위기에 처했다. 하지만 매각을 반대하는 시민의 목소리가 높아지자 시 정부는 회화 매각 방침을 철회했다. 바로 그 미술관에서 나는 예상도 못했던 작품, 디에고 리베라가 그린 거대한 벽화

엘 그레코, 「수태고지」, 1590년경~1603년, 캔버스에 유채, 오하라 미술관, 오카야마.

와 만났다. 이 이야기를 하기에 앞서 중학교 시절의 일을 조금 더 이야기해보려 한다.

애너벨

학교에서는 '반항아 중학생'이었지만 수학여행 덕분에 오하라 미술관大原美術館에 갈 수 있었다. 이 점에 대해서는 지금도 고마운 마음을 갖고 있다. 오카야마현 구라시키시라는 지방 도시에 자리 잡은 이곳은 서양 근대미술을 소장·전시하는 일본 최초의 미술관으로 1930년에 문을 열었다. 오하라 미술관 관람은 내 인생에서 결정적이었다고 말할 수 있는 체험이었다. 열두서너 살이었던 나는 그곳에서 루오Georges Rouault (1871~1958)의 「어릿광대」, 세간티니Giovanni Segantini (1858~1899)의 「알프스의 한낮」, 엘 그레코El Greco (1541~1614)의 「수태고지」 같은 진품을 만났고, 쉽게 지워질 수 없는 무언가가 내 몸 안에 새겨졌다. 미술 순례의 첫 발자국이었다고도 말할 수 있다.

지금도 그 시절 오하라 미술관의 이런저런 모습이 떠오르는데, 그중에서도 중후한 정면 입구로 들어서면 한복판에 보였던

베르나르 뷔페, 「애너벨의 모습」, 1960년, 캔버스에 유채, 오하라 미술관, 오카야마.

부르델Antoine Bourdelle (1861~1929)의 「베토벤 상」이 기억난다. 거기서 왼편 벽면을 보면 검고 두터운 선이 인상적인 여성 초상화 한 점이 있었다. 모델의 섬세한, 아니 신경질적이라고까지 말할 법한 감정까지 전해져 왔다. 나는 그 순간 알지도 못하는 이 여성에게 강하게 사로잡혔다. 그림을 보고 그런 동경에 빠졌던 최초의 체험이었다. 이른바 '비타 섹슈얼리스Vita Sexualis (성의 자각)'이다.

그 그림은 베르나르 뷔페Bernard Buffet (1928~1999)라는 프랑스 화가가 그린 「애너벨의 모습」이었다. 뷔페는 전후 프랑스 구상회화를 대표하는 화가다. 제2차 세계대전이 끝나고 일찍부터 천재화가로 이름 높았지만, 내가 오하라 미술관에서 '애너벨'과 만났던 바로 1960년대 무렵은 특히 절정기였다. 당시 일본에서도 그의 인기는 눈부셨고 가장 인기 있는 동시대 화가라고 말해도 과언이 아니었다. 1973년, 어느 은행 총수가 자신의 컬렉션을 기증하면서 시즈오카현에 '베르나르 뷔페 미술관'을 개관하자 뷔페가 일곱 차례나 직접 이 미술관을 찾기도 했다.

하지만 뷔페의 인기도 바로 그 무렵을 경계로 차차 하강선을 그리기 시작했다. 나도 베르나르 뷔페 미술관에 가봤지만 오하라 미술관에 있는 「애너벨의 모습」에서 받은 감명을 능가하는 작품을 만날 수는 없었다. 단적으로 말해 매너리즘과 통속화된

베르나르 뷔페.

느낌이 짙어졌다고 할 수 있다. 제2차 세계대전 이후 미술계는 구상에서 추상으로 이어지는 흐름이 대세였기에 잭슨 폴록^{Jackson} Pollock(1912~1956)이나 빌럼 더코닝^{Willem de Kooning}(1904~1997) 등이 추구한 추상표현주의가 융성했다. 미술계의 중심지도 뉴욕으로 넘어왔다. 그런 추세 속에서 뷔페의 구상화는 점차 '시대에 뒤처진' 작품으로 여겨졌을 것이다. 나 역시 좋아했던 모딜리아니, 위트릴로^{Maurice Utrillo}(1883~1955), 드가, 루오 같은 화가가 수놓았던 파리, 뷔페는 그러한 파리의 저녁놀과 같은 존재였을지도 모른다.

만년에 파킨슨병에 걸려 뜻대로 그림을 그리지 못하게 된 베르나르 뷔페는 실의에 빠져 일흔한 살에 스스로 삶을 마감했다. 뷔페의 자살 소식을 들었을 때, '그 사람이 아직 살아 있었나?'라고 생각했다. 허를 찔린 듯한 느낌이었다. 안타깝기는 했지만 이미 지나간 시대의 사람이라는 인상 때문이었다. 지금 이 글을 쓰면서 되새겨보아도 나는 변함없이 뷔페가 좋다. 그렇지만 그것은 얼마쯤은 화가 뷔페보다 '애너벨'에 대한 애착, 오하라 미술관에서 '그 여인'을 처음 만났던 무렵의 열두 살 내 자신에 대한 애착일지도 모른다.

———————————

오하라 미술관.

디트로이트

이야기를 다시 1986년으로 되돌리자. 10월 2일 나리타 공항을 떠나 로스앤젤레스에 도착했던 나는 샌프란시스코, 뉴욕, 보스턴을 거쳐 10월 10일에 뉴어크 공항을 통해 런던으로 건너갔다. 20일에 취리히를 떠나 뉴욕으로 돌아와 워싱턴, 시카고를 들러 10월 28일에 디트로이트에 도착했다. 여기서 다시 샌프란시스코, 로스앤젤레스를 거쳐 11월 10일에 일본으로 돌아가는 여정이었다. 당시 여행 일기를 찾아 꺼내 보니, 반복해서 "지쳤다."라고 써놓았다. 분명 피곤한 여행이었다. 어느 날은 통역 겸 운전을 담당하며 나를 항상 도와준(아마 그가 속한 인권단체에서 맡긴 역할이었을 것이다.) 활동가 K 군이 권해서 그들의 사무실에서 묵게 되었다. 지리도 몰랐고 이동 수단도 없던 나는 그날 밤엔 거기밖에 갈 곳이 없기도 했다. 나보다 어린 한국인 유학생 K 군은 당시 20대 중반 정도였을 것이다. 명석하고 헌신적인 사람이었다. 그 역시 수면 부족에 거의 쉬지도 못하는 나날을 보내는 듯했다. 나를 사무실에 데려다주다가 깜빡 조는 바람에 앞에 있던 자동차와 가벼운 추돌 사고가 일어났다. 앞차 운전석에서 덩치 큰 아프리카계 남자가 내려 우리 쪽으로 걸어왔다. 어떻게 될까 숨을 삼켰지만, 거한은 우리

차 보닛을 힘껏 걷어찬 후 내가 알아듣지 못할 말로 욕지거리를 내뱉고 돌아갔다. K 군도 분명 간담이 서늘해졌을 테지만 겉으로는 아무렇지 않은 듯 평정심을 유지하며 오히려 나에게 죄송하다고 거듭 사과했다. 사무실에 도착해서 작은 부엌에서 라면을 끓여 나눠 먹은 후, 사양하는 나에게 굳이 소파를 양보하고 K 군은 얇은 요를 뒤집어쓰고 바닥에 누웠다. 헤아릴 길이 없는 '활동가 정신'이라고 말할 수 있을까.

잠들기 힘든 밤이었다. 거듭 꿈을 꿨다. 도망자 신세가 된 내가 어떤 이국의 국경에 있는 다리를 왔다 갔다 건너기도 했고, 야마가타현에 있을 법한 깊은 시골 마을 온천장의 어떤 방에 있기도 했다. 방에는 한 가족이 모여 앉아 있었다. 일가라고는 했지만 여든 정도 되는 낯선 노인도 있어서 어떤 가족인지 분명치 않았다. 사람들 사이에 작은 말다툼이 시작되자 나는 알아서 그 방에서 나왔다. '나만큼 가족 관계를 소중하게 생각하는 사람은 없는데……'라고 본래 내 뜻과는 다른 마음을 품으면서. 잠에서 깨어나 발밑을 보니 K 군이 자줏빛 이불에 애벌레처럼 몸을 말고 정신없이 잠들어 있었다. 이 모든 게 어쩐지 현실감이 없어 영화 속 한 장면처럼 느껴졌다.

또 다른 날 시카고에서는 일기에 "열이 나고 목이 아프다. 몸

디트로이트 미술관.

이 무겁다.", "콧물이 멈추지 않는다. 너무 괴롭다."라고 쓴 후, 지친 몸에 채찍질이라도 하듯 겨울바람이 부는 미시간 호반의 시카고 미술관으로 향했다. 앞서 말한 호퍼의 「나이트호크스」를 본 것이 바로 이때였다.

인권단체 방문만으로 말할 수 없이 지쳤지만, 미술관이라는 특별한 장소가 피로를 배가시켰다. 좋은 작품과 만나기라도 하면, 흥분 지수가 올라서 내 쪽에서 기가 빨리는 듯한 피곤함을 느꼈다. 그럼에도 불구하고 나는 어디를 가도 미술관에 들르지 않으면 직성이 풀리지 않았다. 일종의 병적인 심리 상태이다. 디트로이트에서도 마찬가지였다. U 군의 집에서는 오랜만에 넓은 침대에서 푹 잘 수 있어서 다행이었다. 그렇게 하루 휴양하듯 쉴 수도 있었지만, 무언가에 내쫓기듯 미술관으로 향했던 것이다. 디트로이트 미술관에 관해 충분히 알고 있다거나 꼭 가야만 하는 뚜렷한 목적이 있었기 때문은 아니었다.

U 군의 안내로 접어든 디트로이트 중심가는, 과연 혼자 오기는 쉽지 않겠다 싶을 만큼 황폐한 지역이었다. 전쟁으로 파괴된 도시 같았다. 그 한가운데 어울리지 않게 당당한 위용을 과시하는 미술관이 서 있었다. 관객처럼 보이는 사람의 기척은 드물었다. 벌써부터 초현실주의 그림 속으로 들어와 있는 듯한 기분이었다.

다비드 알파로 시케이로스, 「자화상」,
1945년, 셀로텍스 위에 피록실리나 물감, 멕시코 국립미술관, 멕시코시티.

멕시코 벽화운동

유리 천장을 씌운 중앙 정원에 들어서며 한숨을 삼켰다. 벽면을
가득 채운 거대한 벽화 때문이었다.「디트로이트 산업」, 그린 이는
멕시코 화가 디에고 리베라다. 나는 멕시코 벽화운동을 주도한
세 명의 화가 중 하나로 리베라의 이름을 알고 있었다. 나머지 두
명은 다비드 알파로 시케이로스David Alfaro Siqueiros(1896~1974)와 호
세 클레멘테 오로스코José Clemente Orozco(1883~1949)이다. '멕시코
르네상스'라고도 불리는 멕시코 벽화운동은 글자를 읽을 수 없는
대다수 멕시코 민중에게 혁명의 이상을 전하며 국민적 아이덴티
티를 창출하려는 작업이었다. 리베라는 1922년 멕시코의 국립예
비학교에 걸린 자신의 첫 벽화「창조」를 제작할 때 우익의 방해 때
문에 벨트에 권총을 찬 채로 작업을 끝마쳤다고 한다. 그 무렵 리
베라는 공산당에 입당하여 러시아 10월 혁명 10주년 기념 제전
에 초대받아 소련에 체재했지만, 점차 당의 스탈린주의 노선과 대
립하게 되었다. 결국 공산당에서 제명된 리베라는 스탈린의 정적
레온 트로츠키에 경도되어 나중에 트로츠키가 멕시코로 망명하
던 때 큰 도움을 주기도 했다.(하지만 아내 프리다 칼로와 트로츠키가
사랑에 빠지는 바람에 1939년에 리베라와 트로츠키는 결별했다. 스탈린주

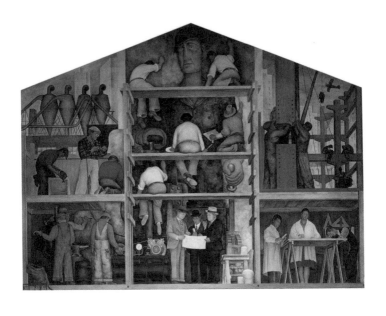

디에고 리베라, 「도시 건설을 보여주는 프레스코」,
1931년, 프레스코, 샌프란시스코 아트 인스티튜트(현재 폐쇄).

의를 따랐던 시케이로스와도 때때로 대립하여 정치적·예술적 논쟁을 펼친 기록이 남아 있다. 제2차 세계대전 이후 리베라가 '자기비판'을 하면서 둘은 화해했다고 한다.)

1930년 11월 리베라는 초청을 받아 처음 미국을 방문했을 때 샌프란시스코에서 벽화 두 점을 제작했다. 그중 하나는 샌프란시스코 아트 인스티튜트에 설치된, 「도시 건설을 보여주는 프레스코」라는 독특한 제목을 가진 작품이다. 이 벽화에서 리베라는 '도시 건설'이라는 벽화를 제작하는 자기 자신을 그려 넣었다. 화가는 화면 한가운데 벽화를 그리기 위한 임시 가설물에 앉아 있다. 그림을 보는 사람은 자신에게 등을 돌리고 있는 화가의 커다란 엉덩이를 보게 되는 셈이다. 미술학교를 장식하기 위한 벽화라는 독특한 성격을 고려하여 벽화를 제작하는 과정을 있는 그대로 보여주는 작품을 그렸을 것이다. 동시에 이 작품을 통해 벽화 제작이 가진 '육체노동'의 측면을 강조했다고도 말할 수 있다. 부르주아 개인주의를 부정하고 집단적이며 사회화된 표현을 확립하려는 벽화운동의 이념을 실천으로 보여준 것이다. 샌프란시스코에 체류하던 때 리베라는 「디트로이트 산업」의 의뢰도 받았다. 제작에 착수하기 앞서 디트로이트 근교에 있는 리버루지 포드 공장을 시찰했던 리베라는 흥분하며 다음과 같은 말을 남겼다. "모든 것이

Detroit Institute of Arts

Ford River Rouge Plant

Renaissance Center

여기에 있다. 위엄과 힘, 에너지, 적막함, 그리고 우리 대륙이 가진 명예와 젊음까지!"

멕시코 벽화운동은 사회주의 운동과 연결되어 있었기 때문에 한국에서는 이승만 정권 시절에도 박정희 군사정권 시대에도 엄격하게 금지당했다. 전시회는커녕 화집조차 출판되지 못했다고 한다. 오랫동안 한국의 일반인에게 멕시코 벽화는 접할 수 없는 금단의 미술이었다. 한국의 어느 미술가에게 들은 바로는 1960년대 중반 이후 몇몇 사람들의 입에서 입으로 멕시코 벽화에 대한 이야기가 전해졌고, 몰래 화집을 입수하여 돌려 보면서 이후 민중미술 운동에도 영감을 불어넣었다고 한다. 예컨대 우리는 오윤(1946~1986)의 작품을 통해 멀게나마 멕시코 벽화와 공명하는 울림을 들을 수 있다.

한국에 비하면 일본에서는 멕시코 미술은 비교적 낯설지 않았다고 할 수 있다. 기타가와 다미지北川民次(1894~1989)처럼 직접 멕시코에 머물며 오로스코, 리베라, 시케이로스와 교류하면서 영향을 받은 작품을 남긴 화가도 있다. 전쟁이 끝나고 나서 1955년에는 도쿄에서 본격적인 멕시코 미술 전람회가 열리기도 했다. 하지만 일본 미술계의 주된 관심은 일관적으로 인상파를 중심으로 한 19세기 유럽 미술로 향해 있었다. 멕시코 같은 제3세계 미술이

기타가와 다미지, 「멕시코의 세 여자아이」, 1937년, 캔버스에 유채, 아이치현 미술관, 아이치.

나 사회주의권 미술은 지금도 주류에서 밀려난 방계에 머물고 있다. 나 역시 모르는 사이에 이런 일본 주류 미술계의 영향을 받았던 것 같다. 멕시코 벽화운동이라고 해도 지식으로만 알았을 뿐, 실제 작품을 본 것은 디트로이트에서가 처음이었다.

멕시코 벽화운동이라는 용어만 듣고서 나는 주로 농민 생활을 그린 민속적 작품을 상상했다. 어리석고 얕은 생각이었다. 리베라를 '좌익 화가'라고 여겼던 미숙한 선입관 때문에, 자본가 중의 자본가라 할 만한 포드의 지원을 받았고 작가 스스로도 이를 기쁘게 받아들였다는 사실 역시 이해하기 어려웠다. 하지만 직접 벽화 앞에 서보니 그러한 의문을 훌쩍 넘어서는 설득력으로 육박해오는 대작이라는 사실만은 틀림없었다.

「디트로이트 산업」

패널 스물여섯 장으로 이루어진 이 대형 벽화는 면적이 총 233.68제곱미터에 달한다. 조수 일곱 명과 함께 10개월에 걸쳐 완성했다. 디트로이트를 기반으로 하는 자동차 왕국 포드의 2대 사장 에드셀 B. 포드 Edsel B. Ford 의 대규모 후원이 있었기에 실현 가능했던 작

디에고 리베라, 「디트로이트 산업」, 1932~1933년, 프레스코, 디트로이트 미술관, 디트로이트.
남쪽 벽.

품이다. 벽화의 주요 부분은 자동차 산업에 바치는 오마주다. 남쪽 벽 위편에는 누워 있는 '황색 인종'과 '백색 인종'을 그렸고, 마주 보는 북쪽 벽에는 '적색 인종'과 '흑색 인종'을 묘사했다. 남쪽 벽의 대부분은 역동적으로 움직이는 자동차 공장 내부를 그렸는데 오른쪽 끝에 위치한 거대한 기계는 아즈텍 문명의 여신 형상으로 표현했다. 모든 인종, 신과 같은 기계, 풍요로운 자연이 조화하며 공존하는 이상 세계의 비전을 보여준다.

현재 시점으로는 잘 이해되지 않겠지만, (이러한 이상적인 세계에서 생산된 부를 어떻게 공평하게 분배할 것인가 하는 난제를 차치한다면) 사회주의자까지 포함한 대부분의 인류가 과학기술과 생산력의 발전에 낙관적인 기대를 품었던 시대의 이야기이다. 일본의 저명한 소설가 아쿠타가와 류노스케芥川龍之介(1892~1927)가 러시아 혁명의 지도자 레닌을 두고 "당신은 우리 동양이 낳은 / 풀꽃 내음이 나는 전기기관차."라고 노래한 시도 있다(『난쟁이의 말』, 분게이주, 1927년, 한국어판은 『난쟁이 어릿광대의 말』, 양희진 옮김, 문파랑, 2021년). 전기, 철도, 자동차, 트랙터 등은 이러한 낙관적 미래상의 상징이었다. 멕시코 같은 개발도상국에서는 더더욱 그랬다. 게다가 리베라는 어릴 적부터 '기계 애호가'였다.

공산주의자 디에고 리베라는 이 대형 벽화가 자본주의의 심

디에고 리베라, 「디트로이트 산업」, 1932~1933년, 프레스코, 디트로이트 미술관, 디트로이트.
북쪽 벽.

장부인 미국을 향한 도전이라고도 말했다. "인류사 가운데 가장 강대한 공업 제국 건설에 성공했던 대중 속으로 벽화를 통해 침투"하여, "집단적 사고 형식 속에서 효모로서 활동함으로써 준비 중이던 혁명에 자신의 예술이 역할을 완수할 가능성"이 리베라를 끌어당겼던 셈이다(J.M.G. 르 클레지오, 『디에고와 프리다』, 에디시옹스톡, 1993년, 한국어판은 『프리다 칼로 & 디에고 리베라』, 백선희 옮김, 다빈치, 2011년).

'좌익 화가' 디에고 리베라가 미합중국 자본가에게까지 받아들여진 이유를 미술평론가 나카하라 유스케中原佑介(1931~2011)는 다음과 같이 추론했다. 자본가에게는 "국가를 초월한 관대한 이해심을 보여줄 기회"였고, 리베라 입장에서는 자본주의 심장부에 자신의 "(공산주의적인) 예술관을 침투시킬 기회"로 파악되었기 때문이다(『1930년대의 멕시코』, 메타로그, 1994년). 또한 때마침 나치즘이 대두하던 유럽 정세가 끼친 영향도 언급할 수 있다. "자본주의 대 공산주의의 대립 구도 속에서 나치 독일이라는 괴물이 흥기했다. 이 상황이 미국 지배 계급 사이에서 이른바 좌익 예술을 향한 관용이 생겨날 수 있었던 큰 이유였다."(나카하라 유스케, 앞의 책)

어쨌거나 이러한 복잡한 역학 관계 속에서 디트로이트 벽화

1932년, 「디트로이트 산업」 프레스코화를 작업하는 중인 디에고 리베라.

는 탄생했다. 완성된 벽화는 신성 모독이라거나, 디트로이트의 정신을 반영하지 않는다는 보수파의 비판을 받기도 했지만, 에드셀 포드의 지지에 힘입어 공식적으로 설치될 수 있었다. 리베라는 당시를 회상하며 말했다. "나는 완벽히 만족했다. 꽤 예전에 나는 파리에서 입체파 회화를 그리며 그런 그림에 어울리는 생활을 하고 있었지만, 벽화야말로 미래 산업사회의 예술 형식이라는 생각에서 입체파 회화를 내팽개쳤다. 내 벽화에 보내온 디트로이트 노동자의 압도적 지지는 나의 신조에 대한 지지일 뿐만 아니라, 평생 바라왔던 꿈의 첫 발자국처럼 느껴졌다."(나카하라 유스케, 앞의 책)

하지만 뒤이어 뉴욕에서 제작했던 RCA 빌딩 대벽화는 레닌의 초상을 그려 넣었기 때문에 의뢰자 록펠러에게 거절당했다. 미완성 벽화에는 사람들이 보지 못하게끔 덮개가 씌워졌고, 1934년 2월에는 결국 완전히 파괴되어 철거당했다. 나중에 리베라는 파괴된 작품과 동일한 구도를 멕시코시티 국립예술궁전 벽화로 재현했다.

미국에서 펼친 리베라의 벽화 제작 활동에는 벤 샨Ben Shahn (1898~1963), 잭슨 폴록, 노다 히데오野田英夫(1908~1939) 등 재능 넘치는 젊은 화가들이 조수로 참가했다. 이들에 대해서는 나중에 다뤄보려 한다.

아메데오 모딜리아니, 「디에고 리베라의 초상」,
1914년, 판지에 유채, 노르트라인-베스트팔렌 주립미술관, 뒤셀도르프.

거인 리베라

디에고 리베라는 은 광산으로 알려진 멕시코의 지방 도시 과나후
아토에서 1886년에 태어났다. 교사였던 부모는 자유주의 사상을
가진 지식인이었다. 리베라는 멕시코시티에서 미술 공부를 시작
한 후, 1907년에 유럽 미술을 배우기 위해 스페인으로 건너가 처
음에는 마드리드에서, 1909년 이후부터는 파리에서 12년간 활동
했다. 파리에서 친하게 지냈던 동료는 모딜리아니였다. 뒤셀도르
프의 주립미술관에서 모딜리아니가 그린 리베라의 초상화를 본
적이 있다. 앞서 이야기한 수틴 초상의 경우도 마찬가지지만, 대
상을 대담하게 변형하면서 인간적인 본질을 포착하여 화면 속에
끌어내는 기량에는 감탄할 수밖에 없다. 내가 보기에 모딜리아니
는 20세기 초상화가로서 오토 딕스^{Otto Dix}(1891~1969)와 쌍벽을
이루는 화가다.

리베라는 파리에서 로베르 들로네^{Robert Delaunay}(1885~1941),
후안 그리스^{Juan Gris}(1887~1927), 피카소 등과 교유하며 입체파 작
품을 많이 그렸다. 러시아 혁명 무렵부터 정치의 중요성을 의식하
기 시작하면서 예술이 사회에 복무할 수 있는 역할에 대해 생각
하게 되었다. 주프랑스 멕시코 대사의 원조를 받아 르네상스 벽화

프리다 칼로와 디에고 리베라.

(프레스코)를 배우기 위해 이탈리아에 체재한 후, 그 경험을 살려 혁명 이후 조국에서 새로운 예술을 확립하고자 1921년 멕시코로 귀국했다.

"내가 예전에 디에고 리베라에 대해 들었던 것은 그가 멕시코 공산당을 창설한 사람 중 한 명이자, 위대한 멕시코 화가이며, 공중으로 던진 동전을 권총으로 맞출 수 있다는 이야기였다. (……) 나를 기다리고 있던 이는 올챙이처럼 불룩한 배를 가진 무서우리만큼 거대한 거인이었지만 큼지막한 얼굴은 시종 미소를 머금고 있었다." 러시아의 혁명 시인 마야콥스키Vladimir Mayakovskii(1893~1930)가 멕시코를 방문하여 리베라와 처음 만났을 때의 인상이다.

리베라는 말 그대로 '거인'이었다. 키는 180센티미터 이상이고 체중은 130킬로그램을 넘었다. 큼지막한 눈알을 부라리는 '개구리 같은 눈'이 특징이었다. 누구에게나 친절했고 뛰어난 언변을 지녔던 그는 수없이 연애를 하고 결혼도 몇 번이나 했던 남자였다. '야만인'이라고도, '야수'라고도 평가받던 외모였지만 여성들에게 인기가 많았다. 일부 여성이 지닌 '미녀와 야수 환상'을 채워줄 존재였다고 평가하는 사람도 있다(헤이든 헤레라, 『프리다』, 하퍼 & 로우, 1983년, 한국어판은 『프리다 칼로』, 김정아 옮김, 민음사, 2003년).

저자의 나가노 자택 선반에 놓여 있는 프리다 와 디에고 머그컵.

그런 리베라가 1929년에 세 번째로 결혼한 상대가 스물한 살 어렸던 프리다 칼로Frida Kahlo(1907~1954)였다. 리베라는 프리다를 다음과 같은 말로 묘사했다. "그녀는 머리카락이 길었고, 검고 진한 눈썹은 코 위로 이어졌다. 마치 검은 새의 날개와도 같은 새카만 아치가 근사한 갈색 빛깔 눈을 두르고 있었다." '개구리 왕자'라는 별명으로 불린 거한이 검은 새의 날개를 가진 여성과 사랑에 빠진 것이다. 나와 파트너 F는 2016년 모마를 찾았을 때, 박물관 상점에서 두 개 한 세트짜리 머그컵을 샀다. 하나에는 커다란 눈알과 함께 Diego라는 이름이, 다른 컵에는 날개를 펼친 듯한 검은 눈썹과 Frida라는 이름이 쓰여 있었다.

두 사람 사이는 늘 위태로웠다. 앞서 말했지만 멕시코에 망명 중이던 트로츠키와 프리다가 짧은 연인 관계에 빠진 적이 있다. 벽화 제작에 조수로 참가하기 위해 멕시코를 찾은 일본계 미국인 조각가 이사무 노구치Isamu Noguchi(1904~1988)와도 비슷한 일이 있었다. 고용인의 임기응변 덕분에 노구치는 도망칠 수 있었지만 리베라가 권총을 들고 뒤를 쫓았다고 한다. 이 사건 이후, 프리다가 오른쪽 다리가 악화되어 입원했을 때 문병을 왔던 노구치와 리베라가 맞닥뜨린 적도 있다. 리베라는 권총을 빼 들고 경고했다. "다음에 만나면 진짜로 한 방 먹여줄 테다!"

프리다 칼로, 「프리다와 디에고 리베라」,
1931년, 캔버스에 유채, 샌프란시스코 현대미술관, 샌프란시스코.

프리다와 리베라는 정식으로 이혼한 적도 있지만 재결합했고, 1954년에 프리다가 죽을 때 리베라는 임종을 지키며 큰 슬픔에 빠졌다고 한다. 프리다에 대해서는 써야만 할 사연도, 쓰고 싶은 이야기도 많지만 아쉽게도 다음 기회로 미룰 수밖에 없다.

자본주의 문명의 유적

1986년에 디트로이트 미술관에서 만났던 리베라의 벽화는 내게 다름 아닌 '유적'과도 같은 인상을 남겼다. 말하자면 '자본주의 문명'의 유적이다.

리베라는 공업화의 진전에 앞서 사회주의의 꿈을 그렸다. 이는 조국 멕시코의 발전과 민중해방의 꿈이기도 했다. 공업화 문명과 사회주의 사상 간의 결합이 인류의 꿈이었던 시대가 바로 얼마 전이었던 셈이다. 리베라의 벽화가 이를 말해 준다.

오늘날의 눈으로 보면, 리베라의 꿈은 깨졌다고 말할 수밖에 없으리라. 민중에게 무거운 희생을 강요하며 중공업화를 추진했던 '사회주의 조국' 소련은, 겹겹이 쌓인 주검과 바싹 말라버린 아랄해로 상징되는 무참한 환경 파괴를 남긴 채 지상에서 사라져버

디에고 리베라, 「인간, 우주의 통치자」, 1934년, 프레스코, 멕시코 국립예술궁전, 멕시코시티. RCA 빌딩에 그리려고 했던 벽화를 재현했다.

렸다. 공산주의 도덕의 모범으로 여겨졌던 중화인민공화국은 이제 초자본주의 국가라고 불릴 법한 나라가 되고 말았다. 신자유주의가 전 세계를 석권하며 맹위를 떨치는 중이다. 식민지를 경험했던 여러 나라의 주민들은 여전히 압제와 빈곤에 허덕인다. 무수한 민중이 난민이 되어 지구를 떠돈다.

사상가, 정치가로서 리베라는 패배자다. 하지만 나는 그런 리베라를 우습게 여길 마음이 생기지 않는다. 저 벽화 앞에서 나는 마치 고대 유적 앞에 섰을 때 느낄 법한 깊은 흥미와 말로 표현하기 힘든 외경심을 품게 된다. 리베라의 벽화는 인류의 정신사에 있어 중요한 사료다. 리베라가 아즈텍의 지모신地母神 코아틀리쿠에에게 영감을 얻었듯, 미래의 인류가 폐허 속에서 이 벽화를 발굴하여 인간해방의 새로운 꿈과 활력을 얻을 수 있을지도 모른다. 이를 비웃는 것은 인간 정신에 대한 참을 수 없는 천박함에 몸을 맡겨버리는 일은 아닐까.

세계 각지에서 해방을 원하는 사람들에게 리베라의 작품은 지금도 말을 건네고 있다. 이를 받아들여 계승하려는 자 역시 끊이지 않는다. 한국의 민중미술 운동이 좋은 예다. 사상가, 정치가로서는 패배자인지 모르지만, 예술가로서 디에고 리베라는 다른 평가를 받아야만 한다.

4장

다시 뉴욕 I

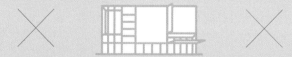

죽음의 승리

이 글을 쓰고 있는 오늘은 2020년 4월 11일이다.

미국 인문 기행을 쓰기로 한 이상, 아무래도 불가피하게 다뤄야만 하는 주제가 있다. 현재진행형으로 전 세계를 위협하고 있는 코로나19라는 재난에 대해서. 뉴욕 거리는 지금 무시무시한 재앙의 한복판에 있다. 불과 수개월, 아니 몇 주 전만 해도 상상할 수 없던 일이다. 거리는 인적을 찾을 수 없이 텅 비었고 메트로폴리탄 오페라극장을 비롯하여 영화관과 미술관도 모두 문을 닫았다. 너무나 적막해진 센트럴 파크에는 텐트로 만든 임시 병동이 설치되었다. 죽어가는 사람이 점점 늘어간다. 보도에 따르면 4월 10일 현재, 미국의 누적 사망자 수는 1만 8586명에 이르러 세계에서 가장 많은 사망자 수를 기록하던 이탈리아의 1만 8849명에 육박했다고 한다. 전 세계 감염자 수는 150만 명을 넘었고, 사망자는 9만 명을 웃돌았다. 중세 유럽을 휩쓸었던 페스트의 재앙이 다시 찾아왔다는 생각이 든다. 적어도 나는 수 세기의 시간을 건너뛰어, 그 시대로 내던져진 듯한 느낌에 빠진다.

인공호흡기가 절대적으로 부족하기 때문에 살아날 가망이 없다는 판정을 받은 환자에게서는 호흡기를 떼어내고 있다고 한

피터르 브뤼헐, 「죽음의 승리」, 1562~1563년, 패널에 유채, 프라도 미술관, 마드리드.

다. 병원의 처리 능력을 벗어난 희생자의 시신은 냉장 트럭에 쌓이고, 장례식도 치르지 못한 채 땅에 묻힌다. 이러한 사태는 앞으로, 특히 개발도상국에서는 점점 악화될 것이다. 그렇게 우리는 일상화된 '지옥'을 보게 될 것이다.

14세기 이후, 페스트가 석권한 유럽에서는 '메멘토 모리 Memento Mori(죽음을 기억하라.)'라는 경고가 말버릇처럼 사람들의 입에 오르내리곤 했다. 하지만 북방 르네상스 화가 피터르 브뤼헐 Pieter Bruegel(1525~1569)이 그린 「죽음의 승리」는 그저 자연재해로서의 역병만을 묘사한 작품이 아니다. 이 그림은 다름 아닌 전쟁의 암유다. 재난과 역병은 저 홀로 사람들을 덮치지 않는다. 인간이 고통이나 비극을 배가한다. 인간은 재난과 역병에 의해서만이 아니라, 인간 스스로에 의해 살해당하는 존재다.

시간이 지난 후 '아, 그런 일이 있었지.' 하며 되돌아볼 날이 올지, 아니면 '아, 그때가 대재앙의 서막이었어.'라고 되뇌게 될지 지금은 예측하기 힘들다. '대재앙'은 비단 역병만을 가리키는 것이 아니라, 이 혼란에서 시작되어 자기중심주의와 불관용의 정신이 만연하고 파시즘이 대두하는 그런 시대를 일컫는다. 이미 일본을 포함한 세계 여기저기서 불길한 조짐이 고개를 들이밀고 있다.

그런 와중에 '인문 기행'을 써 내려간다는 것 자체가 솔직히

카라바조, 「병든 바쿠스」, 1593~1594년, 캔버스에 유채, 갤러리아 보르게세, 로마.
카라바조는 흑사병으로 가족을 잃었다.

어렵다. 시시각각 들어오는 정보를 따라가는 것만으로 마음은 착잡해지고 생각을 정리하지 못한 채 시간만 흘러간다. 그럼에도 나는 이렇게 무엇이라도 계속 쓰고자 한다. 이런 상황 속에서 쓴다는 행위가 어떤 의미를 가지는가, 스스로에게 거듭 물어가면서.

지금 내 머릿속을 스치는 이는 브뤼헐을 비롯하여 카라바조Michelangelo da Caravaggio(1571~1610)나 미켈란젤로Michelangelo Buonarroti(1475~1564), 『데카메론』을 쓴 보카치오Giovanni Boccaccio(1313~1375) 같은 르네상스 시기 예술가부터, 18세기 작가 대니얼 디포Daniel Defoe(1660~1731)나 20세기의 카뮈Albert Camus(1913~1960)로 이어지는, 역병의 참상을 작품화한 사람들이다. 평소라면 그다지 쓰지 않는 '위대한'이라는 형용사를 굳이 이들에게 바치고 싶다.

그 위대함은, 먼저 참화 한가운데서 철저하게 이를 응시하며 기록하고자 했던 정신에서 기인한다. 만약 인류 전체가 죽음으로 절멸한다면 그 기록은 누가 보게 될까. 아무도 보지 않는다면 쓴다는 행위(그린다는 행위)에는 어떤 의미가 있을까. 그들은 이런 질문에 명확한 답을 내릴 수 있는지는 차치하고 일단 용감하게 맞섰다. 이는 '인간'의 가치를 주장하는 행위이기도 했다.

참혹한 역병 속에서 이를 묘사해낸 이들의 정신이 위대하다

보카치오.

면, 그 두 번째 이유는 단적으로 말해 '죽음', 자기 자신의 '죽음'마저도 똑바로 마주했기 때문이다. 스스로가 죽음을 면할 수 없는 존재라면 무엇을 위해 쓰고 그리는가? 인간을 둘러싼 물음이 '죽음'과 깊이 결부된 이상, 이 시점에서 쓰고 그리는 일은 우리에게 주어진 복잡하고 곤란한 상황 속에서 '인간'을 다시 바라보게끔 하는 정신적 행위라고 말할 수 있다. 요컨대 '인문학'의 기본이라고 해야 할 정신이다. 휴머니즘(인문주의)의 발전과 심화가 페스트의 참화와 함께했던 것은 우연이 아니다.

새삼 이렇듯 당연한 사실을 떠올리면서 나는 내 나름의 '인문 기행'을 계속 써 내려갈 작정이다. 독자 여러분은 이번 장을 읽으면서 아마 세 단위의 시간대를 왕복할 것이다. 첫째는 말할 것도 없이 얼마 전 미국을 찾았던 2016년이다. 또 하나는 그런 내가 때때로 회상에 빠지는 1980년대, 그리고 여기에 현재(2020년)라는 시간이 추가된다.

그러면 다시 2016년으로 되돌아가 이야기를 시작해보자.

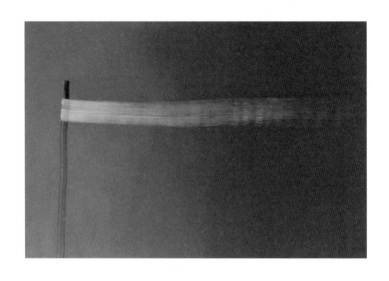

송현숙, 「3획」, 2017년, 캔버스에 템페라.

죽음의 산

C 교수로부터 초청을 받아 강연을 하기 위해 코스타리카에서 약 일주일간 체재를 마치고 2016년 3월 19일 뉴욕으로 돌아왔다. 강연은 '새로운 보편주의를 향한 희구'라는 제목이었다.(이후 '유럽적 보편주의와 일본적 보편주의'라고 고쳐 졸저 『일본 리버럴의 퇴락』(고분켄, 2017년, 한국어판은 『다시, 일본을 생각한다』, 한승동 옮김, 나무연필, 2017년)에 수록했다.)

C 교수는 예전부터 알고 지내던 한국인 여성으로 날카로운 관점을 지닌 철학 연구자다. 그는 라틴아메리카에서 전개된 인간 해방을 위한 힘겨운 실천에 자신의 연구가 많은 빚을 지고 있다고 말한다. 우리는 독일에서 처음 알게 되었다. 그곳에 거주하는 화가 송현숙 씨와 인터뷰를 하게 되었을 때, 송 작가와 친했던 그가 자리를 함께했다. 이 인연으로 베를린 재독한국인 청중을 대상으로 내 강연회를 조직하고 통역을 맡아주기도 했다. C 교수가 한국으로 귀국한 뒤로도 교류는 이어졌고, '디아스포라'를 테마로 이화여자대학교에서 열린 국제 심포지엄에도 나를 발표자로 초대했다. 새로운 세계를 찾아 코스타리카로 떠나서도 그는 나를 떠올리고 먼 곳까지 불렀다. 그렇지 않았다면 일본에서 지구 반대편

『인디아스 파괴에 관한 간략한 보고서』표지.

까지 스스로 찾아 나설 리는 없었을 것이다.

코스타리카 대학 강연에서 나는 이매뉴얼 월러스틴Immanuel Wallerstein(1930~2019)의 논의를 끌어와 의견을 펼쳤다.(월러스틴은 그 당시만 해도 건재했으나 2019년 8월 31일 코네티컷 자택에서 향년 88세로 삶을 마쳤다.) 잠깐 그날의 강연 요지를 소개한다.

1492년 콜럼버스가 신대륙에 도착했을 때, 이베리아반도의 마지막 이슬람 국가 그라나다가 함락당하면서 기독교 세력에 의한 레콩키스타Reconquista(국토재정복 운동)가 완성됐다. 그렇게 유럽의 다원적 시대는 종언을 맞이하고 불관용이 넘치는 일원적 지배의 시대로 돌입했다. 그해 이베리아반도에서 쫓겨나 각지로 흩어진 유대교도의 고난은 500년 후 홀로코스트로 귀결되었다.

15세기부터 17세기에 걸쳐 유럽은 아시아 대륙, 아메리카 대륙 등으로 식민주의적 해외 진출을 펼쳤고 '근대 세계 체제'(월러스틴)가 성립했다. 이는 지구상 대다수 사람에게는 전쟁, 기아, 노예노동, 출구가 보이지 않는 저개발과 빈곤 같은 재앙을 의미했다. 이러한 시스템이 어디서 기원했는지 우리에게 알려준 귀중한 보고 중 하나가 1552년에 라스 카사스Bartolomé de Las Casas(1484~1566)가 펴낸『인디아스 파괴에 관한 간략한 보고서』다.

라스 카사스는 스페인 왕실이 주도한 바야돌리드 논쟁

라스 카사스와 세풀베다.

(1550~1551)에서 스페인 사람이 신대륙에서 자행하고 있는 엥코미엔다^Encomienda(식민지적 영주재산제도)는 사실상 노예제나 다름없다고 규탄하며 정복 활동 중지를 호소했다. 반면 논적이었던 세풀베다^Juan Ginés de Sepúlveda(1490~1573)는 "자연법에 따르면, 이성이 결여된 사람들은 그들보다도 인간적으로 사리분별력을 갖춘 우수한 자에게 복종해야만 한다.", "인간 중에는 자연 본성 면에서 주인된 자와 노예인 자가 있다. 저들 야만인은 죽음으로 내몰릴지라도 정복당함으로써 비로소 대단하고 커다란 진보를 달성할 수 있다."라고 주장하며 정복과 식민지 지배를 정당화했다.

월러스틴은 이 논쟁을 이라크 전쟁(2003) 이후의 세계정세 문맥 속에서 상세히 분석했다.(『유럽적 보편주의』, 김재오 옮김, 창비, 2008년) 그는 선진국이 간섭을 정당화하는 것이 예전에는 '종교'를 내걸며 이루어져 왔지만 현대는 '인권'이나 '민주주의'를 앞세우는 방향으로 바뀌었다고 말한다. 월러스틴에 따르면, 서구를 중심으로 한 범유럽 세계(내 생각에는 일본 역시 여기에 포함할 수 있을 것이다.)의 지도자와 주류 미디어, 체제 친화적 지식인의 레토릭에는 자신의 정책을 정당화하기 위해 보편주의에 호소하려는 언사가 넘쳐난다. 그들이 '타자(상대적으로 빈곤하며 발전도상에 있는 국가의 국민)'와 관련한 정책에 관해 이야기할 때는 특히 그러하다.

Solomon R. Guggenheim
Museum

Whitney Museum of
American Art

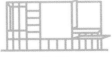

MoMA

이는 결코 새로운 주제가 아니라, 적어도 16세기 이래 '근대 세계 체제'의 역사를 통해 구성돼온 권력의 기본적인 레토릭이다. '라스 카사스/세풀베다 논쟁'은 500년이 지난 지금도 이어지고 있다. 월러스틴은 이렇게 권력에 의해 왜곡된 보편주의를 '유럽적 보편주의'라고 부르고 여기에 진정한 보편주의, 즉 '보편적 보편주의'를 대치하자고 주장한다.

동아시아의 제국주의 국가 일본은 근대 이후, '문명화(유럽적 보편주의)'를 구실로 삼아 자기중심적 국가주의(초개별주의)에 입각한 침략을 거듭해왔다고 말할 수 있다. 이러한 일본적 보편주의, 즉 천황제를 최고 가치로 하는 세계 질서를 그들은 '팔굉일우 八紘一宇(온 천하가 하나의 집이라는 뜻)'라고 칭했다. 중국과 조선 등 아시아 민족은 이러한 보편주의에 따라야만 한다고 주장하며, 피지배민족의 독립 요구를 '민족주의적 편견'으로 취급하며 탄압했다. 이러한 이데올로기는 1945년 일본의 패전과 함께 근본적으로 부정당해야 마땅했지만, 현실은 그렇지 못했다. 전쟁이 끝난 후에도 천황제가 존속되었듯, '일본적 보편주의' 또한 살아남았던 것이다. 코스타리카 대학 강연에서 나는 이 점을 지적했다.

코스타리카를 떠나기 전날, 우리 부부는 C 교수의 안내로 수도 산호세 근교의 이라수Irazú 화산을 보러 나섰다. 화산국가 일본

이라수 화산.

에서 온 우리에게는 특별히 새로운 구경거리는 아니겠지만 코스타리카를 찾은 관광객에게는 반드시 안내하는 코스라고 했다.

눈이 부실 만큼 활짝 갠 열대다운 날씨였다. 표고 1200미터가 넘는 고산 지대라서 그리 덥다는 생각은 들지 않았다. 운전사가 가이드를 겸해 도중에 여러 가지 설명을 해주었다. 일찌감치 지쳐 있던 우리는 설명을 흘려듣곤 했지만 어떤 한마디가 마음에 걸려 귀를 기울였다. '죽음의 산'이라는 말이 들려왔던 것이다. 차를 갓길에 세운 운전사가 계곡 쪽을 가리키며 "저기가 죽음의 산이에요."라고 말했다. 파나마로 통하는 도로 건설에 동원된 노동자가 많이 세상을 떠났기 때문에 그렇게 불린다고 했다. 희생자는 주로 자메이카에서 건너온 흑인 노예였다. 카리브해 제도의 기후에 익숙해 있던 그들은 한랭한 고산 기후와 중노동을 견디지 못하고 죽는 경우가 많았다고 한다. 깊숙한 아프리카 대륙에서 대서양 건너로 끌려온 뒤 카리브해 지역에서 다시 이 깊은 산속으로 연행되다시피 하여 목숨을 빼앗긴 셈이다.

햇빛이 드는 아름다운 마을을 품은 분지 저편으로 첩첩이 이어지는 산맥이 보였다. 나는 그 산줄기가 지구를 반 바퀴 돌아 저 멀리 일본 규슈나 홋카이도까지 이어지는 듯하다는 생각이 들었다. 철도와 광산에서 힘겨운 강제 노동에 쓰러진 조선인의 유해가

죽음의 산.

묻힌 죽음의 산까지 말이다. 지구 도처에서 식민주의의 폭력으로 희생된 사람들이 원통함과 분함 속에 묻혀간 죽음의 산이 이어지고 있다.

코스타리카에서 일주일을 보내는 동안 미국 대통령 예비선거가 진행되어 공화당에서는 도널드 트럼프가 가장 유력한 후보로 자리를 굳혔다.(2017년 1월, 트럼프는 미합중국 제45대 대통령에 취임했다.)

트럼프는 이민에 대한 과격한 중상모략을 반복했고, 특히 멕시코 이민자 중에 마약 밀매자나 강간범이 섞여 있다고 비난했다. "멕시코인 대부분은 범죄자이니까 벽을 세워 범죄자가 들어오지 않도록 조치할 필요가 있다. 그들은 강간범과 다름없다."

트럼프가 내뱉은 일련의 배외주의적 발언은 미국 내에서 비판받기는커녕 오히려 인기를 불러일으키는 듯했다. 뉴욕 거리를 걷고 있으면 여러 인종과 문화가 혼재하여 도시가 역동적으로 움직이는 것을 느낀다. 일반적으로 생각한다면 이 다양성을 억지로 파괴하고 단일문화 사회를 만드는 것은 불가능한 일이다. 그런 불가능한 프로젝트를 굳이 실행한 것이 나치 독일이었다. 결과는 '홀로코스트'라는 대재앙이었지만 사람들은 그 역사로부터 배움을 얻지 못했다. 똑같은 일이 미국에서 재현되지 않으리라고 안심

솔로몬 구겐하임 미술관.

할 이유는 없는 셈이다. 게다가 나치 독일의 잔학함과 냉혹함을 그 증거로 내놓는다 해도 지금은 누구도 진심으로 충격을 받거나 슬퍼하지 않는다. 왜냐하면 나치 패망 이후에도 이와 동등한 잔혹과 냉혹함이 세계 도처에서 계속되고 있기 때문이다.

우주의 소음

뉴욕으로 돌아온 후 나는 30년 전에 방황하듯 걸었던 메트로폴리탄 미술관(MET), 구겐하임 미술관, 휘트니 미술관, 프릭 컬렉션, 모마를 트럼프의 악몽이 다가옴을 느끼며 예전과 다를 바 없는 우울한 심정으로 돌아다녔다. MET의 상설 전시만으로 꼬박 이틀이 걸렸지만, 그래도 전부를 꼼꼼히 보는 것은 불가능하다.

구겐하임 미술관은 광산왕이라 불렸던 솔로몬 R. 구겐하임 Solomon R. Guggenheim의 컬렉션을 기반으로 1939년 뉴욕 맨해튼에 개관했다가 1949년 현재의 5번가로 이전했다. 1943년 프랭크 로이드 라이트Frank Lloyd Wright(1867~1959)에게 설계를 맡겨 1959년에 건물이 완공되었다. '소라 껍질'로 일컬어지는 구조여서 관람자는 먼저 엘리베이터로 건물 맨 꼭대기로 올라가 나선형 통로의

프랭크 로이드 라이트.

벽면에 걸린 작품을 보면서 자연스레 계단을 내려오게 된다.

내가 아이였던 1960년대, 이 미술관은 최첨단 건축 디자인으로 세계적인 주목을 받았다. 어린이 대상 사진 잡지에서 그 모습을 본 뒤 가보고 싶다고 생각했던 일이 기억난다. 물론 칸딘스키 Wassily Kandinsky(1866~1944)나 모딜리아니의 작품 같은 뛰어난 소장품도 보고 싶었지만, 이에 못지않게 건축사의 문제작인 이 미술관 자체를 보고 싶다는 바람을 오랫동안 가져왔다. 염원은 1986년 뉴욕을 찾았을 때 이루었지만 그때는 혼자 떠난 길이었다. 이번은 동행한 F에게 이 미술관을 보여주고 싶었다. 그렇지만 앞서 말한 독특한 미술관 구조에 익숙하지 않았기 때문에 나와 F는 잠깐 사이에 서로를 놓쳐버리고 말았다. 넋을 잃고 작품을 보는 데 빠져 있던 F를 신경 쓰지 않은 채, 등 뒤를 지나쳐 아래로 아래로 내려가버렸던 것이다. 혼자 나를 한참 기다려야 했던 F는 매우 화가 났고 그렇게 뉴욕 미술관 구경은 시작부터 삐걱댔다.

그래도 이번 여행에서 인상에 남았던 전시 몇 개를 소개한다.

독일 오스트리아 근대 회화를 전시하는 노이에 갤러리에는 처음 가보았는데, 매우 충실한 작품으로 구성된 뭉크 Edvard Munch(1863~1944) 전시가 열리고 있었다. 나와 F는 빈풍으로 꾸민 갤러리 카페에서 커피와 달콤한 과자를 먹었다.

에드가 드가, 「세 명의 발레 무용수」,
1878~1880년경, 미색 레이드지에 모노타이프, 클라크 미술관, 윌리엄스타운.

모마의 특별 전시는 '드가'였다. 무희의 모습을 즐겨 그렸던 19세기 인상파의 거장이지만 이번 전시에서는 내가 깨닫지 못하고 있던 새로운 측면, 이른바 드가의 어두운 측면을 볼 수 있었다. 드가는 당시 파리에서 번성했던 매춘굴과 거기서 생활하는 여성에게 특별한 애착을 가지고 암울한 색조를 가진 드로잉을 많이 남겼다. 여성을 심미적으로 관찰하는 데에 그치지 않는 자연주의 문학이 주는 정동이 그의 드로잉에서 느껴진다. 드가에게 이런 어두운 면이 있다는 사실을 나는 알지 못했다.

얼마 전 이전하여 새롭게 단장한 휘트니 미술관 꼭대기 층에서는 로라 포이트러스Laura Poitras(1964~)의 대규모 개인전 '우주의 소음Astro Noise'을 볼 수 있었다. 여성 다큐멘터리 영화감독 포이트러스는 미국 국가정보국 내부 정보를 폭로한 후 당국에 쫓기는 몸이 되어 모스크바로 망명한 에드워드 스노든Edward Snowden과 연락을 취해 인터뷰를 나눴고, 이를「시티즌포」라는 작품으로 만들었다. 그 역시 미국 정부의 블랙리스트에 올라 지금까지 몇 번이나 구속당했다고 한다. 이번 전시도 '감시사회'를 문제화한 내용이었다.

「베드 다운 로케이션Bed Down Location」이라는 제목이 붙은 설치 작품은 관객이 방 중앙에 설치된 넓은 침대에 누워 천장을 올

로라 포이트러스, 「베드 다운 로케이션」, 2016년, 혼합 매체.

려다보는 방식으로 감상한다. 거기에는 수없이 많은 별이 반짝이는 예멘이나 파키스탄의 밤하늘이 비친다. 하지만 점차 날이 밝고 해가 떠오르자 하늘은 무인공격용 드론으로 가득 메워진다.

가장 큰 방에서는 대형 스크린에 다양한 사람의 얼굴이 슬로모션으로 흐른다. 모두 아연실색하여 말을 잃은 듯한 표정. 눈물을 흘리는 사람도 있다. 아마 9·11 직후 그라운드 제로를 바라보는 사람들인 듯하다. 하지만 이 작품은 이 장면만으로 끝나지 않는다. 스크린 뒤로 돌아 들어가면 거친 화질의 흑백 영상이 흐른다. 헛간 같은 방에 끌려온 남자가 바닥에 무릎을 꿇고 있다. 미국 병사인 듯한 인물이 남자를 향해 라이플 총구를 들이대며 "너 알카에다지?"라고 심문한다. 남자가 아니라고 하자 병사는 "파키스탄 정부에 연락해서 네 아내를 잡아넣을 수도 있어!"라고 위협한다. 아무래도 아프가니스탄에서 용의자를 심문하는 실제 장면인 것 같다. 등장한 용의자 세 명은 그 후 관타나모 수용소로 이송되었다고 한다. 얼마나 지적이며 도발적인 작품인가! 자신에게 닥칠 위험을 무릅쓰고 이런 작품을 만드는 아티스트가 여전히 존재한다. 이를 뉴욕 한복판에서 공개하는 미술관이 있다. 미국에도 아직은 기대할 측면이 있다는 생각이 든다.

휘트니 미술관에서 열린 전시 '우주의 소음'.

「별이 빛나는 밤」

오랜만에 고흐의 「별이 빛나는 밤」과 인사하려고 모마를 향해 나섰다. 1941년에 전 국무장관을 아버지로 둔 릴리 P. 블리스^{Lillie P. Bliss}가 기증한 이 그림은 모마의 영구 소장품이다. 모마는 여성의 힘으로 창립되었다고 종종 이야기되는데, 릴리는 1929년 모마 창립에 주요한 역할을 했던 세 명 중 하나이다. 나머지 두 명은 애비 올드리치 록펠러^{Abby Aldrich Rockefeller}, 메리 퀸 설리번^{Mary Quinn Sullivan}. 모두 대부호 가문 출신이다.

모마는 피카소의 「게르니카」가 1939년부터 1981년까지 '망명'했던 미술관으로도 유명하다. 피카소는 프랑코 일파의 내란에 항의하는 의미로 1937년 파리 엑스포에 출품한 스페인공화국 정부관을 위해 이 대작을 제작했다. 내전은 결국 프랑코의 승리로 끝났고 「게르니카」는 유럽 각국을 순회한 뒤, 모마에 전시되었다. 그때 피카소는 "스페인에 공화국이 다시 설 때까지" 이 작품을 스페인에 반환하기를 거부했다.(나는 마드리드 프라도 미술관에 반환된 지 얼마 지나지 않았던 1983년에 「게르니카」를 본 적이 있다. 현재는 마드리드 시내 레이나 소피아 국립미술관에 소장되어 있다.)

미국에서 일본으로 돌아온 이후 '악몽'은 현실이 되었다. 요

파블로 피카소, 「게르니카」, 1937년, 캔버스에 유채, 레이나 소피아 미술관, 마드리드.

즘 들어 어떤 일이라도 비관적으로 바라보는 성향이 강해진 나였지만 그런 나조차 2016년 11월 미국 대통령 선거 개표까지는 '설마', '아무리 그래도'라는 생각을 버리지 못했다. 인종차별주의자 후보가 자신의 본성을 숨기지 않고 오히려 가장 천박한 말로 드러냈기 때문이다. 그런 언행이 마이너스가 되기는커녕 도리어 플러스가 되어 지지자가 늘어갔다. 우리는 앞으로 긴 악몽의 시대를 살아가게 될 것이다.

그래도 '선한 아메리카' 역시 여전히 분투 중이다. 미국 전역으로 퍼진 트럼프를 향한 항의 운동, 비판의 펜을 놓지 않는 매스컴, 미국이 일방적으로 '테러 위험국'으로 선포한 이슬람권 7개국 일반 시민의 입국을 일시 금지한 '7개국 출신자 입국금지조치'에 사법부가 정지 명령을 내린 것 등이 그 사례이다.

트럼프 대통령이 내린 입국금지조치에 대한 항의 의사를 담아 모마는 해당 국가 출신인 예술가의 작품을 전시했다. 전시 해설에는 "환대와 자유라는 궁극의 가치가 이 미술관과 미국에게 불가결하다는 점을 확실히 드러내기 위해 전시를 기획했다."라는 내용이 쓰여 있다. 「게르니카」의 망명지였던 모마다운 기상이 여기에도 살아 있다.

'선한 아메리카'과 '악한 아메리카' 사이의 투쟁에는 긴 역사

빈센트 반 고흐, 「별이 빛나는 밤」, 1889년, 캔버스에 유채, 현대미술관, 뉴욕.

가 있으며, 이 투쟁은 앞으로도 길게 이어질 것이다. 예술에 전쟁을 억제하는 힘이 있는지, 나쁜 권력을 타도하는 힘이 있는지는 여전히 의문이다. 하지만 예술은 언제나 어떤 악몽의 시대에도 관용, 연대, 공감을 추구하려는 인문 정신이 살아 있음을 가르쳐준다. 예술에는 아직 해야 할 일이 남아 있다.

모마는 어떤 층도 항상 관객으로 가득하지만 「별이 빛나는 밤」 앞은 더욱 많은 사람이 몰린다. 고흐의 작품은 네덜란드 고흐 미술관이나 크뢸러밀러 미술관을 비롯하여 세계 각지에서 볼 수 있지만 「별이 빛나는 밤」을 실제로 보기 위해서는 모마를 찾아야만 한다. 30년 전, 내 예비지식은 빈약했지만 처음 대면한 「별이 빛나는 밤」에게서 받은 감명은 각별하여 지금도 그때의 기억이 선명하다. 고흐라는 화가에게 깊이 끌리게 된 것도 그날의 만남이 하나의 계기였다.

도판이나 영상으로 얼마든지 볼 수 있겠지만 「별이 빛나는 밤」을 실물로 접하는 것은 전혀 다른 체험이다. 예전에 화가 지인이 "고흐의 그림은 특별해요. 밤에 곤충이 등불에 홀리듯 보는 사람을 끌어당기는 빛을 발하는 작품이에요."라고 했던 말이 떠오른다. 고흐는 이 그림을 생레미드프로방스의 정신병원에서 그렸다. 밤하늘에 소용돌이치듯, 미친 듯 넘실거리는 붓 터치는 고흐

빈센트 반 고흐, 「사이프러스」, 1889년, 캔버스에 유채, 메트로폴리탄 미술관, 뉴욕.

자신의 마음속을 그린 것이리라. 혹은 화가의 눈에는 정말 그렇게 보였을지도 모른다. 같은 시기 고흐는 사이프러스를 모티프로 한 작품을 몇 점인가 그렸다. 사이프러스는 고흐에게 단순한 나무라기보다 지상에서 천상을 향해 활활 타오르는 불꽃 같은 의미를 가진다. 「별이 빛나는 밤」이나 「사이프러스」는 포스터, 그림엽서, 어린이 대상 그림책에도 자주 사용되어 나도 실물과 만나기 전까지는 어쩐지 가벼운 느낌을 받았다는 사실을 부정할 수 없다. 하지만 실제 작품에서는 깊은 구멍 속으로 빨려 들어가는 듯한 인상을 받았다. 그림 앞에 모여든 세계 각지에서 온 관광객 중에는 유명하고 무척 비싼 그림이라는 정도의 예비지식밖에 없는 사람도 많았겠지만, 조용히 이 불꽃을 응시하고 있으면 분명 인생과 생명에 대한 미칠 듯한 상념 속으로 이끌렸을 것이다. 어쩌면 불꽃으로 달려드는 벌레처럼 죽음에 끌어당겨졌을지도 모를 일이다.

고흐의 동생 테오는 부유층 사이에서 유럽 회화가 인기를 끌던 미국으로 이민을 갈까 고민했다. 사업 기회를 찾아 고객층을 개척하고자 했던 것이다. 의욕 넘치고 능력 있는 화상으로서는 당연한 일이다. 당시 가장 잘 팔리던 인기 화가 중 하나가 코로Jean-Baptiste Camille Corot(1796~1875)였다. 코로식 풍경화는 조상의 출신지인 유럽에 대한 콤플렉스가 뒤섞여 있던 미국 부유층의 노스탤

장 바티스트 카미유 코로, 「모르트퐁텐의 추억」, 19세기경, 캔버스에 유채, 루브르 박물관, 파리.

지어를 강하게 자극했으리라 생각된다. 미국 동해안의 주요 미술관이라면 '반드시' 코로의 작품을 소장한 이유가 여기에 있다. 당시 철강이나 석유 등으로 급속하게 재산을 늘린 이들이 유럽 미술 작품을 사 모았고, 그 컬렉션을 기반으로 미술관이 건립되었기 때문이다. 어떤 의미에서 테오는 선견지명이 있었던 셈이다. 하지만 형 빈센트는 테오의 미국행에 반대했다. 실제로는 자신을 유일하게 이해해주는 아우와 유대가 끊어질까 두려웠기 때문일 것이다. 동생에게 버림을 받으리라 생각했을지도 모른다. 형의 반대가 직접적인 이유인지는 모르겠지만 테오는 미국행을 단념했다.

빈센트는 1890년 오베르쉬르우아즈 마을 보리밭에서 피스톨로 자살했다. 주머니에는 다음과 같은 유서가 남아 있었다.

가능한 한 좋은 그림을 그리려고 마음을 다잡고 꾸준히 노력해온 결과, 전 생애의 무게를 걸고 다시 한번 얘기해두자. 너는 단순히 코로를 취급하는 화상과는 다르다. (……) 너는 내가 아는 한 그런 화상이 아니다. 나는 네가 현실에서 인간에 대한 사랑을 지니고 행동하면서 그에 따라 방침을 정할 수 있는 사람이라고 생각해왔건만, 그런데 너는 어떻게 하겠다는 것이냐?

빈센트 반 고흐, 「오베르쉬르우아즈의 거리」, 1890년, 캔버스에 유채, 아테네움 국립미술관, 헬싱키.

진심으로 재능을 인정하던 형이 이런 말, 이를테면 '평생토록 짊어졌던 무거움'에 짓눌린 말을 남기고 자살했다면 그는 무엇을 할 수 있었을까. 테오는 형의 유작전을 실현하기 위해 동분서주했지만 형이 죽고 나서 반년 후 신경쇠약으로 세상을 등졌다.

모마의 컬렉션 중 가장 유명하다고 말해도 좋을 「별이 빛나는 밤」에는 그저 아름답다기보다는 이렇게 어두운 이야기가 숨겨져 있다. 나는 두 형이 옥중에 있었을 때도, 30년이나 지난 지금도, "너는 어떻게 하겠다는 것이냐?"라는 "가차 없는 고발"(사카자키 오쓰로, 「고흐의 유서」, 『그림이란 무엇인가』, 가와데쇼보신샤, 2012년(초판 1976년))에 몸을 내던지는 심정으로 이 그림 앞에 서 있다.

5장

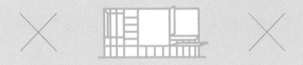

다시 뉴욕 2

벤 샨

고흐의 「별이 빛나는 밤」과 헤어지고 '현대 미국 화파' 전시실로 들어갔다. 벽 한 귀퉁이에 작은 유화가 걸려 있었다.

　"아, 벤 샨……."

　옛 동무와 다시 만난 듯한 기분이었다. "어이, 벤 샨! 여기 있었어?" 어깨라도 두드리며 그렇게 불러 보고픈 기분이었다. 생각해보면 벤 샨이야말로 나에게 '선한 아메리카'를 대표하는 화가다. 대통령 후보 경선에서 공화당의 차별주의자 트럼프가 뽑혔다는 소식이 악몽처럼 다가왔던 그때, 모마의 한 전시실에서 그리운 옛 동무와도 같은 벤 샨의 그림과 재회할 수 있었다. 「어느 광부의 죽음」이라는 작품이다.

　짙은 회색 슈트에 모자를 쓴 두 남자의 뒷모습이 보이고 발 아래엔 노란 천으로 싸인 시신이 누워 있다. 왼쪽에는 화재를 피해 도망쳐 온 광부, 오른쪽에는 겨울 외투를 입은 여성 두 명과 그들을 에워싼 듯한 두 남성이 서 있다. 손수건을 손에 들고 우는 여성을 양쪽 남자들이 위로한다.

　1947년 3월 25일, 일리노이 남부 센트레일리아 광산 5번 갱도에서 큰 폭발 사고가 일어났다. 폭발 당시 갱 안에 있던 142명

벤 샨, 「어느 광부의 죽음」, 1949년, 모슬린을 씌운 목판에 템페라, 메트로폴리탄 미술관, 뉴욕.

가운데 겨우 31명만 살아남았다. 벤 샨에게 영감을 준 이 사고는 1940년 이후 미합중국에서 일어난 5대 탄광 사고 중 하나로 기록됐다.

벤 샨은 보통 '사회적 리얼리즘' 작가로 불린다. 하지만 내가 그의 작품에서 받은 인상은 소련, 동독, 혹은 중국의 '사회주의 리얼리즘' 회화와는 많이 다르다. 따뜻한 색채가 특징이며, 현실의 충실한 재현이라기보다 마치 어린아이의 그림 같은 감촉과 조형 감각을 보여준다. '어린아이의 그림'이라고 말하면 오해하기 쉽겠지만, 감미롭고 아기자기하다는 뜻이 아니다. 얄팍한 치유의 의미를 담았다는 것도 아니다. 슬픔이나 노여움 같은 감정이 지닌 본질을 이렇게 따뜻하게 전할 수 있다니⋯⋯. 그것이 내가 좋아하는 벤 샨만의 독특함이다.

그 대표적 사례로 제2차 세계대전이 끝날 무렵 제작된 작품 「해방」을 꼽고 싶다. 기울어진 건물, 겹쳐 쌓인 기와와 자갈 더미를 통해 전쟁으로 황폐해진 모습을 그렸다. 화면 중앙에 회전 놀이기구를 타는 아이들의 표정에는 어린이다운 웃음 대신 공포와 불안이 서렸다. 언제 멸망할지 모르는 불안 속에서 우리 인간은 회전 기구처럼 끊임없이 돌아가고 있다는 뜻일까.

"옛 동무와도 같은"이라고 말했지만 내가 벤 샨을 처음 알게

벤 샨, 「해방」, 1945년, 보드에 구아슈, 현대미술관, 뉴욕.

된 때가 언제였는지 확실하지 않다. 왜냐하면 '벤 샨 풍'의 디자인이나 일러스트는 1960년대 일본에 꽤 보급되어서 아이였던 나에게도 무척 자연스럽게 눈에 익은 그림이었기 때문이다. 벤 샨은 1960년에 일본을 방문해 교토에 머문 적이 있다. 『나의 영국 인문 기행』에서 이야기했던 데라마치 거리의 서점 산가쓰쇼보三月書房 근처, 다와라야俵屋라는 오래된 여관에서 한참 묵으며 화랑과 고미술상을 구경하러 다녔다고 한다. 그 소식을 들은 젊은 일본 예술가(조각가 사토 주료佐藤忠良(1912~2011), 무대미술가 아사쿠라 세쓰朝倉摂(1922~2014), 화가 요시이 다다시吉井忠(1908~1999))가 그를 찾아 갔다. 이 사건은 지금도 '벤 샨 알현'이라는 말로 회자되고 있다. 와다 마코토和田誠(1936~2019), 아와즈 기요시粟津潔(1929~2009), 야마후지 쇼지山藤章二(1937~)처럼 1960년대 활약했던 그래픽 계열 아티스트도 벤 샨에게 많은 영향을 받았다. 일상적으로 볼 수 있었던 일본인 아티스트의 작업을 통해 나도 간접적으로 벤 샨과 접했다고도 말할 수 있다.

1954년 3월, 남태평양에서 조업 중이던 일본의 참치잡이 어선 제5후쿠류마루가 미국의 수소폭탄 실험 때문에 '죽음의 재'(방사능 낙진)를 뒤집어쓰고 승조원 전원이 피폭되는 사건이 일어났다. 그중 무선통신 책임 선원이었던 구보야마 아이키치久保山愛吉

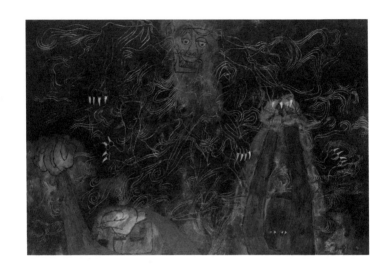

벤 샨, 「우리는 무엇이 일어났는지 알 수 없었다」,
1960년경, 목판에 템페라, 스미스소니언 미술관, 워싱턴.

가 반년이 지나 9월 방사선 장애로 끝내 숨을 거뒀다. 핵무기와 방사능이 얼마나 무서운지 보여주는, 세계를 떨게 한 사건이었지만 전승국이자 핵 보유국이었던 미국에서는 시민의 관심이 그다지 높지 않았다. 하지만 벤 샨은 이 사건에 충격을 받고 1960년 일본 방문 이후 '럭키 드래곤Lucky Dragon'(배의 이름인 '후쿠류福龍'를 영어로 표현한 것) 연작을 제작했다. 「우리는 무엇이 일어났는지 알 수 없었다」를 포함한 이 연작으로 벤 샨은 일본에서 가장 유명한 미국 화가가 되었다고 할 수 있다.

사코와 반제티

내가 벤 샨을 재발견한 것은 1970년대에 접어들면서부터였다. 이미 몇 번이나 이야기했지만 1971년에 두 형이 한국에서 정치범으로 투옥되는 일이 벌어졌다. 돌연 양심수의 가족이 된 나는 옥중기라면 닥치는 대로 찾아 읽었다. 예를 들면 오스카 와일드Oscar Wilde(1854~1900), 에른스트 톨러Ernst Toller(1893~1939), 일본인 중에서는 가와카미 하지메河上肇(1879~1946)나 오자키 호쓰미尾崎秀実(1901~1944) 등이 쓴 글이었다. 그런 주제를 다룬 영화도 많이 봤

니콜라 사코와 바르톨로메오 반제티.

다. 물론 즐기기 위해서가 아니었다. 오히려 무거운 현실이 한층 더 나를 짓눌렀다. 그래도 읽고 보지 않을 수 없었다. 그건 어떤 심리 상태였던 걸까. 일종의 역설적인 현실도피였는지도 모른다.

당시 본 영화 중에 「사형대의 멜로디」가 있다.(한국에서는 「사코 & 반제티」라는 제목으로도 알려져 있다.) 1971년 이탈리아와 프랑스가 합작해서 만들었고 일본에서는 이듬해 개봉했다. 주제가였던 「승리의 찬가」는 저항 가수로 유명한 여성 포크 가수 존 바에즈Joan Baez가 불렀다. 이 영화는 1920년 미국 매사추세츠주에서 실제로 일어났던 '사코와 반제티 사건'을 정면으로 다룬 작품이다. 이탈리아 출신 이민자 니콜라 사코Nicola Sacco(1891~1927)는 구두 제조공이자 아나키스트였다. 바르톨로메오 반제티Bartolomeo Vanzetti(1888~1927)는 생선을 파는 행상인이었다. 두 사람은 제1차 세계대전 당시 징병을 피해 멕시코로 도망친 적이 있는데 거기서 서로 알게 되었다. 1940년 4월 15일 사우스브레인트리에 있는 구두 공장에서 직원과 경비원을 사살하고 현금을 강탈한 사건이 발생했고 사코와 반제티는 용의자로 체포됐다. 두 사람이 아나키스트라는 점을 두고 법정은 재판을 사상 검증으로 몰아갔다. 제1차 세계대전 이후 시작된 불황과 '빨갱이 사냥'의 광풍이 그 배경이었다. 때마침 이민도 급증하자 이에 반발하여 '전통적인 아메리

벤 샨, 「사코와 반제티의 수난」,
1931~1932년, 컴포지션 보드에 장착한 캔버스에 템페라, 휘트니 미술관, 뉴욕.

카'를 수호하자고 주장하는 세력과 백인지상주의자가 대두했다. 트럼프가 등장한 지금의 상황과 무척 비슷하다.

검사는 두 피고의 징병 기피 이력을 집요하게 물고 늘어지며, "이 나라를 사랑하는가?"라는 질문을 반복했다. 이에 대해 사코는 다음과 같이 대답했다.

"전쟁이란 무엇인가. 전쟁이란 자유를 위해 싸우는 것이 아니라 큰 부자가 되기 위한 짓거리다. 우리에게 서로를 죽일 권리가 있는가? 나는 아일랜드인을 위해 일했다. 또한 독일인 친구들과도 일했고, 프랑스인과 그 밖의 다른 사람들과도 함께 일했다. 내 아내를 사랑하듯, 나는 이들이 좋다. 어째서 내가 이런 사람들을 죽이러 나서야 하는가? 나는 전쟁을 신뢰하지 않는다."

1921년 7월 사코와 반제티가 유죄 선고를 받자 미국과 유럽에서 항의 운동이 번져갔다. 벤 샨은 여행지였던 파리에서 이 운동을 접하고 미국으로 귀국한 뒤, 이들에게 연대하는 의미로 「사코와 반제티의 수난」을 비롯하여 이들을 주제로 한 연작 제작에 힘을 쏟았다.

결국 사코와 반제티는 1927년 8월 전기의자에 앉아 처형당했다. 1977년 매사추세츠 주지사는 두 사람의 무죄를 확인하는 내용의 공식 성명을 발표했다. 처형으로부터 반세기가 지난 후의

영화「사형대의 멜로디」의 포스터.

일이었다.

1972년에 나는 교토에서 「사형대의 멜로디」를 봤다. 영화를 통해 그때까지는 표면적인 이해에 그쳤던 벤 샨이라는 화가를 재발견했다. 그 무렵 두 형이 서울에서 군사재판을 받았고 그중 한 명에게 사형이 구형됐다.(나중에 무기징역형이 확정됐다.)

이 영화가 만들어지고 전 세계에 공개될 수 있었던 배경으로 1960년대 일어난 베트남 전쟁 반대운동과 공민권 운동이 끼친 문화적 영향을 들 수 있다. 나는 그러한 문화적 자산의 은혜를 입은 세대라고 말할 수 있다. 지금 트럼프류의 자기중심주의에 대항해 '선한 아메리카'를 지켜내고자 하는 사람들도 같은 맥락을 이어받고 있다.

사랑으로 가득 찬

「봄」은 풀밭에 엎드려 누운 젊은 연인을 그렸다. 둘 사이에 생겨난 친밀함과 자애로운 감정이 보는 이의 마음까지 따스하게 만든다. 그렇지만 두 사람은 굳이 애써 꾸민 듯한 공허한 웃음을 짓지는 않는다. 원근법을 강조한 배경에서는 어딘지 불온한 예감이 풍겨

벤 샨, 「봄」, 1947년, 메이소나이트에 템페라, 버팔로 AKG 미술관, 버팔로.

온다. 볼 때마다 '벤 샨답구나.'라고 생각하는 작품 중 하나다. 이런 느낌을 두고 화가 노미야마 교지野見山暁治(1920~2023)는 "벤 샨이라는 화가의 그림에서는 무언가 쓸쓸한 결말을 예고하는 듯한 반주 소리가 들려온다."라고 말했다.

바로 내가 생각했던 '벤 샨다운 특징'을 잘 설명해주는 표현이다. 벤 샨은 이러한 쓸쓸한 감정을 독특한 선과 빨간색을 비롯한 따뜻한 계열의 색채와 흰색을 통해 표현했다.

노미야마 교지는 유럽 유학에서 돌아온 후, 1970년에 도쿄국립근대미술관에서 열린 벤 샨 전시를 보고 충격을 받았다고 한다. 이 전시에 「어느 광부의 죽음」이나 「사코와 반제티의 수난」도 걸렸다. 대학 2학년생이던 나는 도쿄에 있었지만 아쉽게 보러 가지는 못했다. 하지만 당시 큰 화제가 되었다는 기억은 뚜렷하다.

내가 좋아하는 작품을 또 하나 든다면 「사랑으로 가득 찼던 수많은 밤의 회상」이다. '말테의 수기' 연작 중 한 점이며 가장 만년의 작품이다. 판화인 이 작품은 일본 후쿠시마현립미술관에서 소장하고 있다.(한국에서는 영암 군립 하정웅 미술관에도 소장되어 있다.) 나는 이 작품을 보고 거의 20년 전인 1999년에 짧은 글을 쓴 적이 있다. 일본에서 '국기·국가법(일장기와 기미가요를 국기와 국가로 정한 법률)'이 발포된 후 지금도 계속되고 있는 '기나긴 반동기'

Brooklyn Bridge

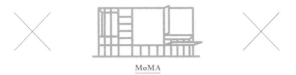

MoMA

Rockefeller Center

로 전락하는 분기점이 된 해였다. 그 글을 잠깐 옮겨본다.

일본은 새로운 '전쟁 이전' 시기로 접어들었다. 나는 종종 언젠가 영화에서 본 듯한 장면을 떠올린다. 거리의 벤치에 앉은 여성(자세히 보면 예전부터 친했던 사람이다.)이 잰걸음으로 지나가는 사람들을 향해 끊임없이 혼잣말을 하고 있다.

"당신은 전쟁이 일어나기 전을 기억하고 있어? (……) 이렇게 급하게, 이렇게 끔찍한 일이 일어날 줄 누구도 상상하지 못했지. 모두 무관심하고 낙관적이었어. 아니, 낙관이라기보다 현실로부터 눈을 돌렸던 거야. 생각하지 않으려고 했던 거야. 그저 자기 생각만 한 채 뒤로 미루며 하루하루를 보내버리고서……"

나는 생각한다. 만약 그런 날까지 살아남는다면, 수많은 아픔 속에서도 적어도 한 줌의 기쁨을 지닌 채 지난날을 회상할 수 있는, "사랑으로 가득 찬" 기억을 갖고 싶다. 그러기 위해서라도 지금은 허무나 냉소에 휩쓸리지 않고 살아나가고 싶다, 싸워나가고 싶다.

「사랑으로 가득 찼던 수많은 밤의 회상」의 토대가 된 그림은

벤 샨, 「형제」, 1946년, 섬유판에 부착된 종이에 템페라, 허쉬혼 박물관, 워싱턴.

1946년에 제작한「형제」이다. 긴 고난 끝에 형제 또는 동지가 재회하는 장면을 그렸을 것이다. 한 번 보면 잊혀지지 않는 명작이다.「크루거 강제수용소에서 기적적으로 처형을 면하고 친척과 부둥켜안는 사람」이라는 제목이 붙은, 누가 찍었는지도 모를 흑백 사진이 벤 샨에게 영감을 주었을 것이다.

1970년대부터 1980년대에 걸친 민주화 투쟁 과정에서 우리도 이렇게 비극적이면서도 감동적인 장면을 몇 번이나 경험했다. 독재 정권 시대에 한국에서 민주화운동에 몸을 던졌던 많은 사람들, 그리고 미국 각지에서 우리 형제를 지원해준 젊은 활동가들이 즐겨 부르던 노래가 생각난다.「그날이 오면」이라는 노래다. '그날' 이란 해방의 날을 의미한다. 가사에 이런 구절이 있다.

> 내 형제 그리운 얼굴들, 그 아픈 추억도
> 아 짧았던 내 젊음도 헛된 꿈이 아니었으리
> 그날이 오면, 그날이 오면

어두운 마음으로 이 노래를 들었을 때, 특히 "내 형제"라는 가사에서 벤 샨의 그림이 떠올랐다. '그날'을 보지 못하고 스러져 간 사람도 적지 않다. 1980년대 후반 무렵 민주화가 진전하면서 내

벤 샨, 「사랑으로 가득 찼던 수많은 밤의 회상」, 1968년, 인쇄.
판화 작품으로 다양한 미술관에서 판본을 소장하고 있다.
위 이미지는 하버드 포그 미술관의 소장 이미지다.

두 형을 포함한 많은 정치범이 석방됐다. 여기저기서 감격의 포옹이 이루어졌다. 그 순간을 잊을 수가 없지만 그 감격 뒤에는 곧 실의나 환멸의 그림자가 드리웠다. 오래 살다 보면 쓰디쓴 현실도 보게 된다.

지금 봐도 「형제」는 너무나 의미 깊은 명작이지만, 벤 샨이 가장 만년에 흑백으로 제작한 판화 「사랑으로 가득 찼던 수많은 밤의 회상」이 한층 가슴을 파고든다. 오른쪽에 그린 성별도 연령도 불분명한 저 이는 무거운 병에 걸린 사람일까, 아니면 늙고 쇠약해진 노인일까. 머리카락이 다 빠진 모습에 유머가 담겨 있으면서도 애절하다. 「형제」가 재회의 기쁨을 나누는 포옹이라면, 이쪽은 '이별'을 예감케 한다. 사람은 사람을 이렇게 부둥켜안는 것이 가능한 존재다. 저 두 사람이 나눈 따뜻함이 내 속으로도 스며드는 듯하다. 정말 벤 샨다운 표현이다. 어떻게 이런 표현이 가능할까.

노미야마 교지는 이렇게 말했다.

아름다움은 쟁취해야만 하는 것일지도 모른다. 벤 샨은 모든 이의 평안을 바랐기에 자신은 그렇게도 격렬하고 힘겨운 싸움을 이어갈 수 있었으리라. 항상 자신을 그런 위치에 두고자 했기에 도리어 그가 그린 연인은 서로를 그렇게도 따뜻이

벤산.

위로하고, 아이들은 기뻐하며, 노동자는 평온한 한때를 보낼 수 있음이 틀림없다. 예술가는 항상 오만함에 맞서는 기개와, 시퍼렇게 살아 있는 권력을 향한 모멸의 태도를 갖춘 자라고 벤 샨은 이야기했다.(「동거인 벤 샨」, 『현대미술 제1권　벤 샨』, 고단샤, 1992년)

　벤 샨은 러시아제국의 영토였던 리투아니아에서 태어난 유대계 미국인이다. 19세기 말부터 20세기에 걸쳐 많은 유대인이 '포그롬(반유대 폭동)'을 피해 해외로 이민을 떠났다. 아버지는 목공, 어머니는 도공이었다. 사회주의 사상을 가졌던 아버지는 시베리아 유형을 가기도 했다. 시베리아에서 미국으로 탈출한 아버지를 쫓아 벤 샨은 1906년, 일곱 살의 나이로 어머니와 미국으로 이민을 떠났다. 만약 리투아니아에 남아 있었다면 두 차례 세계대전의 참화와 나치에 의한 유대인 학살의 피해를 직접 겪었을 가능성이 높다.

　벤 샨 가족은 뉴욕 브루클린에 살면서 아버지는 목수로, 벤은 석판화 장인으로 생계를 꾸려갔다. 이후 벤 샨은 육체노동자나 실업자 같은 사회 밑바닥층 사람들에게 공감하며 전쟁, 빈곤, 차별 등의 주제를 지속해서 다뤘다. 대공황 시대에는 미국 서민을

벤 산, 「집 현관에 있는 재정착 관리 대상 가족, 아칸소 분카운티」, 1935년.

모델로 훌륭한 사진을 많이 찍었다. 디에고 리베라가 RCA 빌딩 대벽화를 작업했을 때는 조수로 일하기도 했다. 제2차 세계대전이 일어나자 반나치 선전 포스터 제작에 솜씨를 발휘했고, 전쟁이 끝난 후에도 평화운동에 헌신했다. 이민, 빈곤, 노동이 벤 샨이라는 인물을 이루는 토대가 되었고, 세계대전과 대공황이 그의 휴머니즘을 확고한 신념으로 담금질했다. 이러한 인생이 그려낸 궤적 자체가 내 눈에는 정말이지 '미국적'인 특성으로 보인다. 벤 샨이었기에 유럽도 일본도 아니라 미국에서 예술을 꽃피울 수 있었다. 그야말로 '선한 아메리카'의 예술을.

　1969년 3월 14일 벤 샨은 뉴욕에서 심장 발작으로 세상을 떠났다. 일흔의 나이, 앞서 말한 도쿄 전시가 열리기 바로 한 해 전이었다.

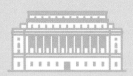

6장

아메리카 I

에드워드 사이드

2016년 3월 23일, 컬럼비아 대학 캠퍼스를 찾아갔다. 목적은 대학 구내에 있는 '에드워드 사이드 기념실'을 견학하기 위해서였다. 뉴욕에 거주하는 재미한국인 L 씨가 안내를 맡아주었다. 사이드 기념실에 들어가려면 대학 관계자의 소개가 필요하다. 만나보니 L 씨는 온화한 지식인이자 글자 그대로 애서가였다. 어린 시절 어머니와 함께 시애틀로 이민을 와서 대학을 졸업한 후 컬럼비아 대학교 출판부에 직장을 얻었다. 어머니는 지금도 시애틀에 살고 계신다고 했다.

먼저 L 씨의 안내로 대학 근처 한식당에 가서 오랜만에 따뜻하고 매운 음식으로 식사를 함께한 뒤 학교에 발을 들였다. 캠퍼스를 오가는 학생들 모습은 당연했지만 중년 여성을 포함한 무리가 대학 관계자의 안내를 받으며 거니는 모습이 눈에 띄었다. 차림새로 보아 중국인 같은 사람이 많았다. 컬럼비아 대학은 미국의 유명 대학 중에서도 학비가 월등히 비싸다고 알려져 있다. L 씨에게 물어보니 수험생의 보호자가 학교를 견학하러 온 것이라 했다. 입학 지원자 부모들이 앞으로 투자할 고액의 교육비에 걸맞은 학교인지 신중히 가치를 매기고 있었던 셈이다.

로 메모리얼 도서관 앞에서.

　　캠퍼스 중앙 광장과 접한 곳에는 돔 형태를 한 지붕이 눈길을 끄는 로 메모리얼 도서관이 위풍당당하게 서 있다. 광장을 끼고 맞은편에 보이는 버틀러 도서관은 보다 실용적인 인상을 풍겼는데 내부에 '사이드 기념실'이 마련되어 있다.

　　사이드[Edward W. Said](1935~2003)는 이렇게 술회한다. "내가 장 주네를 처음 본 것은 1970년 봄이었다. 미국 사회의 상상력이 만들어낸 다양한 에너지나 야망이 사회 곳곳으로 퍼져나갔던, 어수선하고도 불온했던 요람기였다. 컬럼비아 대학에서 펼쳐진 봄 축제의 클라이맥스로서 (……) 블랙팬서(흑인 인권을 주장하기 위해 결성된 급진적 무장 단체) 지지를 위한 정오 집회가 열린다고 했다. 장소는 대학 본부의 저 위압적인 건물, 바로 로 메모리얼 도서관 계단이었고 장 주네가 연설한다는 소문이 돌았기에 가봐야 한다는 생각이 솟아올랐다."(『말년의 양식에 관하여』, 빈티지, 2007년(초판 2006년), 한국어판은 장호연 옮김, 마티, 2012년)

　　지금 내가 서 있는 곳이 바로 그 장소, 1970년 장 주네[Jean Genet](1910~1986)가 연설한 계단 앞이다. 당시 30대 중반의 젊은 교직원이었던 사이드가 계단 중앙에 선 장 주네의 "평정 그 자체"였던 모습, "그 격렬함과 지독할 정도의 자제력, 경건하다고까지 말할 법한 차분함"에 얻어맞은 듯했다고 회상했던 바로 그 현장이

1970년 5월 1일, 코네티컷주에서 열린 블랙팬서 지지 연설에
블랙팬서 창립 멤버인 엘버트 '빅맨' 하워드와 무대에 함께 오른 장 주네.

다. 당시 도쿄의 사립대학 2학년생이 되었던 나 역시 나름의 "어수선하고도 불온한 요람기"의 한복판에 있었다. 주네에 대해서는 이름 정도밖에 알지 못했고 사이드라는 이름조차 들어보지 못했던 때였다.

세월이 꽤 흘러, 2003년 3월에는 사이드와 직접 만나 대화를 나눌 기회가 찾아왔다. 사이드와는 전부터 아는 사이였던 팔레스타인 가자지구 인권변호사 라지 슬라니Raji Sourani(1953~)까지 세 명이 대담하는 텔레비전 프로그램을 NHK 디렉터 가마쿠라 히데야鎌倉英也가 기획했다. 처음에는 뉴욕에서 이루어질 예정이었지만 미국 정부가 슬라니의 비자 발급을 거부해서 좌절되었다. 사이드가 3월에 이집트 알렉산드리아에서 강연 일정이 잡혀 나와 슬라니가 그곳에 찾아가 이야기를 나누기로 다시 계획을 세웠지만, 아쉽게도 이번에는 내 쪽에서 여러 사정이 생겨 이집트에 갈 수 없었다. 결국 사이드와 만날 기회는 무산되고 말았고 방송은 사이드와 슬라니 두 사람의 대담 형식으로 변경됐다. 나는 그 후 다른 형식으로 사이드와 만날 생각이었지만 6개월이 지난 2003년 9월, 사이드가 뉴욕에서 세상을 떠나 그를 직접 만날 기회는 영원히 사라져버렸다.(그 대신은 아니지만 슬라니와 내가 오키나와 사키마 미술관佐喜眞美術館에서 나눴던 대담은 방송으로 제작됐다.) 사

에드워드 사이드.

이드가 몇 년 더 살았다면 그를 만나러 컬럼비아 대학에 왔을 것이다. 그럴 수 있다면 짧은 시간이더라도 음악을 화제 삼아 이야기를 나누고 싶었다.

추방된 자의 음악

잘 알려져 있듯 사이드는 음악에 조예가 깊었다. 아니, '조예'라는 표현은 부정확하고 너무 불충분하다. '서양 고전 음악을 하나의 문화 영역으로 보는 것'은 문화비평가 에드워드 사이드의 사상적 근간을 이루는 본질적 요소였다. 『경계의 음악』, 『에드워드 사이드의 음악은 사회적이다』를 비롯하여 지휘자 다니엘 바렌보임 Daniel Barenboim(1942~)과 함께 펴낸 『평행과 역설』 같은 저작을 남겼고, 마지막 저서인 『말년의 양식에 관하여』에서도 음악 관련 서술이 중요한 요소이다.

아내 마리암 C. 사이드 Mariam C. Said에 따르면, 그와 음악의 만남은 유소년기 이집트 카이로에서 부모님이 수집했던 광범위한 레코드와, 일요일 밤마다 들었던 영국 BBC 라디오 프로그램 '오페라의 저녁'을 통해서였다고 한다. 사이드가 음악에 관해 진

피아노를 치는 에드워드 사이드.

심을 담아 쓰지 않을 수 없게 된 계기는 1982년 글렌 굴드^{Glenn} ^{Gould}(1932~1982)의 죽음이었다.

『경계의 음악』은 에드워드 사이드가 1982년부터 시작하여 죽음 직전까지 20년에 걸쳐 써나갔던 음악 평론을 정리한 책이다. 무서울 정도로 바빴고 난치병인 백혈병까지 앓았던 사이드가 이렇게 부지런히 연주회장을 찾고 진심으로 즐기며(이 역시 타협 없는 지적 즐거움이다.) 음악을 접했다는 사실에 놀랄 따름이다.

팔레스타인계 아랍인이자 기독교인, 미합중국 국민이었던 사이드는 『오리엔탈리즘』, 『문화와 제국주의』의 저자로서 문화 연구 분야에서 전 세계에 크나큰 영향을 미쳤을 뿐만 아니라, 전문적인 고등교육을 받은 피아니스트이기도 했다. 미국의 유명 대학 교수로 만족스러운 인생을 보내는 것도 가능했겠지만, 불공정 속에 고통받으며 전 세계에서 끊임없이 무시당하는 팔레스타인 민중 편에 서서 항상 싸웠다. 그에게 팔레스타인 해방 투쟁과 클래식 음악이 주는 즐거움은 별개가 아니었다. 다른 분야와 마찬가지로 음악 비평에서도 항상 자신이 지닌 복합적인 아이덴티티에 기초해 '내부 타자'의 시선으로 '중심부'의 독선을 선명하게 비판했다.

좋은 음악을 듣고 마음이 움직일 때는 누군가와 대화를 나

누며 그 감명이 어디서 왔는지 파고들고 싶어진다. 하지만 좋은 대화 상대를 만나기란 좋은 음악을 듣는 것 이상으로 무척 어렵다. 사이드 스스로가 이야기했듯 음악이라는 예술이 "가장 말이 없으며" "가장 닫힌" "가장 논하기 힘든 분야"이기 때문이다. 게다가 그런 대화의 상대는 풍부한 감성과 자유로운 정신을 소유해야 할 뿐 아니라 음악 이론에도 정통하여 음악을 문학이나 정치 같은 다른 분야와 관련하여 해독할 수 있어야 한다. 사이드야말로 그런 인물이었다.

"오른손이 왼손에 호응하듯, 한 손가락은 다른 아홉 개 손가락에 호응함으로써 전체가 그 깊숙한 곳에 자리한 하나의 혼에 부응한다."라는, 글렌 굴드의 피아노 연주를 두고 했던 묘사. "모차르트는 (오페라의) 등장인물의 심정이나 의지가 초래하는 합의와는 관계없이, 사람들을 농락하는 어떤 추상적 힘을 구현하고자 시도했다고 생각한다. 도덕적으로는 거의 불모나 다름없는 대본을 사용했다는 점이 그 증거다."라는 지적. "오늘날 바그너를 완벽히 이해하기란 거의 불가능하다. 현대 서양 문화의 거의 모든 국면에 걸터앉거나 아무렇게나 벌러덩 누운 거인과도 같기 때문이다.", "어떤 의미에서 모든 음악은 음악에 대한 음악에 지나지 않는다. 이 점은 음악의 웅변성이 지닌 고유의 비극이다." 이런 문장을

글렌 굴드.

보며 내 생각과 똑같다고 무릎을 치거나, 또는 머리가 멍해질 정도로 새로운 발견을 얻기도 했다. 나는 사이드를 읽으며 함께 음악을 논할 수 있는 기쁜 대화 상대를 발견했다고 생각했다. 그리고 기회가 생기면 꼭 컬럼비아 대학의 에드워드 사이드 기념실에 가보고 싶다는 생각이 들기 시작했다.

캐나다의 천재, 혹은 기인 피아니스트라고 글렌 굴드의 이름은 익히 들어 알고 있었지만, 그의 연주 녹음을 들어본 것은 꽤 뒤였다. 1980년대의 어느 날, 나는 고베시의 번화가인 산노미야에 있었다. 왜 그곳에 갔는지 이제는 생각나지 않는다. 다만 그 무렵 나는 점점 끓어 올라오는 어두운 상념을 주체 못하고 딱히 어디라는 목적지 없이 밤거리를 배회하곤 했다. 기억도 희미하지만 산노미야역 번화가 곁길의 건물 한편에 '모차르트'라는 간판을 단 찻집을 발견하고 몸을 들이밀었다. 카운터 좌석만 있는 좁은 가게였다. 선반에는 고상한 취향이 드러난 커피 잔을 늘어놓았고 클래식 음악이 조용히 흘렀다. 손님은 나 혼자였다. 과묵한 주인이 심각한 표정으로 끓여준 커피를 한 모금 마신 뒤, "지금 걸어놓은 레코드는 뭐지요?"라고 물었더니 "골드베르크예요. 굴드가 연주한……."이라고 대답했다. 바흐의 골드베르크 변주곡이라면 그때까지 몇 번인가 들어 알고 있었고 좋아하는 곡이기도 했지만 졸

음을 부르는 잔잔한 곡이라는 인상을 갖고 있었다. 하지만 그날 찻집에 흐르던 음악은 인상이 전혀 달랐다. 다음 날 바로 레코드를 샀다. 그 레코드판은 지금도 내 곁에 남아 있으니 분명 꿈이 아니라 현실일 것이다.

글렌 굴드는 1955년에 골드베르크 변주곡을 처음 녹음했지만, 1981년에 새롭게 녹음한 레코드가 '불후의 걸작'이라는 높은 평가를 받으며 전 세계에서 베스트셀러가 되었다. 고베의 수수께끼 같은 찻집에서 듣고 내 기억에 새겨진 연주는 분명 '81년 버전'이다. 음악 애호가 사이에서는 이미 유명했고 찬반양론 간 싸움이 벌어지기도 했다지만 그때 나는 그런 사실을 알지 못했다.

그 무렵 굴드는 세상을 떠났고 이를 계기로 사이드가 본격적으로 음악 평론을 쓰기 시작했다. 그 작업은 사이드가 죽기 직전까지 20년에 걸쳐 이어졌다. 글은 나중에 사이드의 음악비평집인 『경계의 음악』으로 묶였다. 이 책에 수록된 첫 번째 평론의 제목이 「음악 그 자체: 글렌 굴드의 대위법적 비전」이다. "굴드가 내는 음은 결코 다른 피아니스트와 같은 음이 될 수 없으며, 내 귀가 알고 있는 한 굴드와 같은 음을 내는 연주자도 없다. 굴드의 연주는 그가 활동했던 내용과 마찬가지로, 이른바 자기 창조라고까지 말할 수 있다. 그보다 앞섰던 왕조는 예전에 없었으며, 자신만의 왕

글렌 굴드의 묘비.

국을 건설하는 것 이외의 어떤 운명도 굴드에게는 존재하지 않았던 듯 보인다."

글렌 굴드는 골드베르크 변주곡 1981년판을 녹음한 이듬해 뇌졸중으로 삶을 마감했다. 쉰 살이었다. 묘비에는 이 곡의 악보 한 절이 새겨져 있다고 한다.

나는 사이드에게 음악이라는 측면이 얼마나 중요했는지를 꽤 늦게 깨달았다. 1990년대에 접어들어 매년 여름 잘츠부르크 음악제를 찾으면서 서양 고전 음악의 깊고 넓은 세계를 만나 그 경험을 『나의 서양음악 순례』(한승동 옮김, 창비, 2011)라는 책으로 그럭저럭 펴냈을 무렵에야 사이드에게서 음악이 가진 중요성을 알아차리기 시작했다.

한마디로 말하자면 내 경험은 "'재일조선인'이라는 존재인 나 자신에게 '서양 고전 음악'은 어떤 의미를 가지는가?"라는 질문에 관한 답을 더듬어 찾아가는 일이었다. 그랬던 나는 사이드만이 할 수 있는 언급을 읽고 크게 공감했다.

사이드: (······) 제2 빈 악파의 음악에서 조성의 결여는 실향, 이른바 '돌아갈 곳 없는 상태homelessness'입니다. 귀환할 곳이 없으므로 영원히 추방된 것으로 비유될 수 있지요. 또한 인간

에드워드 사이드와 다니엘 바렌보임.

의 경험에도 이런 유형은 존재할 겁니다.

　바렌보임: 제2 빈 악파의 음악은 난민의 음악이라는 말씀이군요.

　사이드: 그래요, 추방된 자의 음악이지요. 사회생활에서의 추방일 뿐만 아니라, 조성의 세계로부터의 망명이기도 합니다.(에드워드 W. 사이드 · 다니엘 바렌보임, 『평행과 역설』, 빈티지, 2004년(초판 2002년), 한국어판은 노승림 옮김, 마티, 2011년)

　물론 나 자신은 그러한 '타자'로서, 또는 '절반의 타자'로서 서양 음악과 접하고 바로 그 위치에서 새로운 보편성을 향해 도달하고자 한다. 이 점에서 조금은 사이드와 공통점이 있다고 말할 수 있을 것이다.

　L 씨가 애써준 덕분에 외부인인 우리 부부도 사이드 기념실에 들어갈 수 있는 허가를 받았다. 천장이 생각보다 낮았지만 넓은 방의 벽면에 서적이 빼곡히 꽂혀 있었다. 사이드가 남긴 문헌이다. 한정된 시간으로는 도저히 전모를 파악할 수 없었다. 띄엄띄엄 살펴본 선반에는 말러$^{Gustav Mahler}$(1860~1911)와 리하르트 슈트라우스 등 음악 관련 서적이 줄지어 꽂혀 있었다.

메트로폴리탄 오페라극장.

「코시 판 투테」

컬럼비아 대학을 방문한 다음 날, 메트로폴리탄 오페라극장에서 오페라를 보았다. 공연 제목은 가에타노 도니체티^{Gaetano} Donizetti(1797~1848)의 「로베르토 데브뢰」. 「안나 볼레나」, 「마리아 스투아르다」와 더불어 '여왕 3부작'이라 불리는 작품 중 하나다. 하지만 3부작 중에 가장 수한한 편이라 상연 기회가 적다고 한다. 주역 엘리자베타(엘리자베스 여왕)를 연기한 이는 미국인 소프라노 손드라 라드바노프스키^{Sondra Radvanovsky}(1969~)였다. 아직 젊은 축에 속한다고 할 수 있겠지만 나이 든 여성의 욕망과 비애를 잘 연기해냈다. F와 함께 이 오페라를 즐기면서 사이드를 생각했다. 그가 때때로 신랄하게 논평했던 메트로폴리탄 오페라는 사이드 자신을 길러낸 '홈그라운드'와 같은 존재였다.

　"코시 판 투테」는 1950년대 초반 내가 고등학생 때 미국으로 건너와 살게 되면서 처음 본 오페라였다. 린 폰탠^{Lynn Fontanne}과 앨프리드 런트^{Alfred Lunt}가 연출을 맡아 메트로폴리탄 오페라극장에 올린 이 공연은, 내 기억으로는 재기 넘치며 아름답고 우아한 이 오페라를 원작에 충실한 영어로 멋지게 옮겼다며 명성이 자자했고 (……) 18세기 궁정 희극이 가진 특징을 남김없이 잘 살려 전

오페라「코시 판 투테」의 한 장면.

달한 용의주도한 연출을 자랑했다. (……) 이 「코시 판 투테」가 내게 전해준 영향은 절대적"이었다고 사이드는 말했다.(『말년의 양식에 관하여』, 빈티지, 2007년)

사이드에게 「코시 판 투테」는 특별히 중요한 작품이었다.

"「코시 판 투테」는 한층 더 과감하게 '남부 유럽'적이다. 나폴리 배경의 등장인물 모두가 정직하지 못하고 쾌락을 좇으며, 몇몇 예외적인 순간을 제외하면 자기중심적이고, 「피델리오」의 기준으로 보자면 분명 비난받아 마땅한 행동을 하면서도 상대적으로 죄의식이 희박하다는 점에서 그러하다.""「코시 판 투테」에서는 변장과, 그 변장이 가져오는 마음의 동요나 미혹이야말로 정상적이며, 굳은 지조나 수미일관성은 있을 수 없는 것이라며 조소의 대상이 된다."(에드워드 사이드, 앞의 책)

'정말로 그렇겠구나.'라고 나는 생각한다. 몇 번이나 「코시 판 투테」를 본 적이 있다. 그때는 이 경쾌한 희극의 위트를 즐겼지만 지금으로부터 10년 정도 전, 잘츠부르크 음악제에서 이 오페라를 보았을 때, 피날레 곡인 6중창 「여자는 다 그래」에 이르자 예기치 않게 불의의 눈물을 흘리고 말았다. '재미있으면서도 서글프다'고 해야 할까, 정체 모를 '인간의 부조리'라고 부를 수밖에 없는 감정이 복받쳐 오른 탓이다. 이상하고도 신기한 순간이었다. 사이드

Butler Library

Low Memorial Library

Metropolitan Opera House

가 말한 대로 나 자신이 "아이덴티티의 수미일관성"이라는 내적 규율에 속박된 근대인이라는 사실을 깨달았기 때문일지도 모른다. 그렇다면 모차르트는 물론, 이런 점을 지적한 사이드 역시 대단한 존재다. 사이드가 지녔던 착종된 아이덴티티를 함께 생각해본다면 그의 「코시 판 투테」론은 적어도 나에게는 충분히 납득이 된다.

사이드라면, 내가 이번에 본 오페라 「로베르토 데브뢰」를 어떻게 평가할까. 그런 생각을 하자니 문득 넓은 객석 어딘가에 그가 앉아 있는 듯한 기분이 들어 나도 모르게 주위를 둘러보았다.

7장

아메리카 2

그라운드 제로

그해 뉴욕에 머무는 동안, 그다지 내키지는 않았지만 이른바 '그라운드 제로'에도 찾아가보았다. 2001년 9월 11일 항공기 납치 자폭 공격 사건으로 무너져 내린 세계무역센터가 있던 자리. 현재 그곳에는 국립 추도박물관인 '9·11 메모리얼 기념관'과 희생자 이름이 한 명 한 명 새겨진 위령비 '9·11 메모리얼'이 세워졌다. 기념 시설의 설계를 주도한 이는 탈구축주의 건축가로 유명한 대니얼 리버스킨드^{Daniel Libeskind}(1946~)였지만, 토지 소유자의 의도가 얽혀 설계안은 큰 폭으로 바뀌었고 여러 건축가가 참가하는 형태가 되었다. 나는 예전에 리버스킨드의 대표작인 베를린 유대인 박물관과 오스나브뤼크에 있는 펠릭스 누스바움 미술관 등을 찾아간 적이 있다.

마음이 편치 않았던 까닭은 그곳이 유명 관광지로 바뀌어 상업주의적인 거대한 기념물이 세워졌으리라는 예상 때문이었다. 9·11이 일어난 배경에는 미국(국제금융자본)이 제3세계에서 오랜 세월에 걸쳐 쌓아나간 부정과 비리의 역사가 자리하지만, 그 사실에는 굳게 입 다문 채 미국 본위의 서사를 이야기하고 있을 거라는 예측 때문이기도 했다. 9·11을 기점 삼아 오늘날까지 팔레스

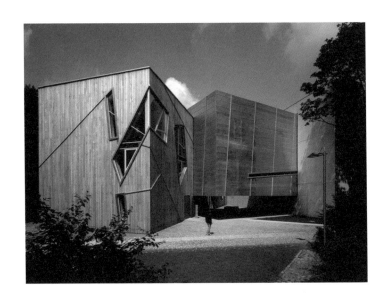

펠릭스 누스바움 미술관.

타인, 아프가니스탄, 이라크, 시리아 등에서 자행된 수많은 잔학과 횡포를 '희생자 추도'라는 미사여구로 숨기고 싶지 않다는 생각이 들어서였다.

현대 음악의 거장 카를하인츠 슈토크하우젠 Karlheinz Stockhausen (1928~2007)은 9·11 당시 쾰른 음악제의 음악감독이었지만, 사건 후 '더 이상의 스펙터클은 생각할 수 없다.'라는 취지의 발언 때문에 비난을 받고 사직했다고 한다. 현대 예술가는 특히 제2차 세계대전 이후 표상의 한계에 대해 끊임없이 질문을 마주하며, 어떻게든 그 한계를 뛰어넘으려는 도전과 노력을 반복한다. 그런 예술가로서 슈토크하우젠의 발언은 너무 당연한 것이다. 더구나 슈토크하우젠은 네 살 때 정신 질환을 앓고 있던 어머니가 나치 정권의 안락사 정책에 희생되었고, 전쟁 막바지인 1945년에 동부전선에 동원된 아버지도 행방불명으로 돌아오지 못한 경험을 했다. 전쟁이나 폭력을 조금이라도 가벼이 여길 인물이 아니었다. 그럼에도 일종의 집단 히스테리 상황으로 인해 희생자에 대한 배려를 결여했다고 일방적으로 매도당한 셈이다. 국가나 정치 권력은 대중을 정서적으로 동원하고 통제하기 위해 미디어를 이용하여 이런 식의 천박한 단죄가 횡행하게끔 한다. 사람들은 자신이 '선한 사람'임을 스스로 증명하게끔 강요받고, 이에 부응하기 위해 점점 더

카를하인츠 슈토크하우젠.

천박해질 수밖에 없는 것이 현실이다. 지성이나 이성에 닥친 재앙과 같은 시대다.

뉴욕에 체재하던 중, 때때로 메트로폴리탄 미술관에서 슈토크하우젠이 만년에 작곡한 연작 「소리KLANG」 공연을 들었다. 9·11이 일어나고 3년 후부터 착수했지만 2007년 작곡가가 세상을 떠나면서 미완으로 끝난 작품이다. 내 귀에 그 음악은 모든 것이 천박하게 추락해가는 세계를 향한 고요한 저항의 외침처럼 들려왔다.

9·11 메모리얼을 찾아간 날은 쾌청했고 전 세계에서 찾아온 수많은 방문객으로 북적거렸다. 건물들은 볼만했지만 경건한 추도의 마음이나 깊은 성찰, 더구나 식민주의를 고발하려는 의도와는 한참이나 거리가 멀었다. 국가가 주도하는 추도 시설에는 흔한 경우겠지만, 피해자를 향해 일반적으로 갖는 동정심이나 피해자와의 무비판적 동일시를 통해 자기를 긍정하려는 심리를 이용하여, 정서적으로 자국민 중심의 이야기 속으로 몰아가는 장치로 기능하는 듯 느껴졌다. 안타깝게도 나의 사전 예측은 적중했다.

9·11 테러 발생 직후, 미국의 텔레비전 방송국은 사건 소식에 환호성을 지르는 팔레스타인 민중의 영상을 내보냈다. 이 장면을 보면서 나는 반사적으로 사이드를 떠올렸다. 사이드라면 지금 어

9·11 메모리얼과 기념관.

떤 말을 했을까. 문제의 영상은 '팔레스타인 사람=테러리스트'라는 서구인의 평균적인 편견을 더욱 공고히 해 적개심을 부채질하는 효과를 발휘했다고 생각한다. 하지만 팔레스타인 민중이 사건 소식에 환호하고 싶어진 감정의 원인을 더 생각해볼 필요가 있다. 희생자를 살피는 마음이 부족하다고 비난하기에 앞서, 미국을 뒷배로 둔 이스라엘의 횡포로 팔레스타인 민중은 또 얼마나 부당한 희생을 당해왔는지, 그 희생에 자신은 얼마나 관심과 동정을 가졌는지도 반성해보아야 할 일이다.

9·11 이후 정서적 애국주의가 미국 전역을 뒤덮었다. 사건이 일어나고 일주일 정도 지나 사이드는 신문과 잡지를 통해 애국주의에 휘말린 호전적인 집단 열광에 몸을 맡기지 말고, '이슬람 대 서구'라는 단순화된 대립 구도에도 빠져서는 안 된다고 말했다. 테러 방지에 필요한 것은 군사력이 아니라 '인내와 교육'에 투자하는 일이라고 역설한 것이다. 하지만 이런 '이성의 목소리'는 감쪽같이 지워졌고 세계는 '전쟁'이라는 가장 단순하고 출구 없는 대립 구도 속으로 눈사태처럼 휘말려 들어가고 말았다. 세계 최강의 부자 나라 미국이 일본을 포함한 동맹국과 하나가 되어, 최빈국 아프가니스탄에 빗발처럼 폭탄을 퍼붓는 일이 벌어졌다.

세계 각국에서 찾아든 관광객과 뒤섞인 채 밝은 햇볕이 내리

———————————

그라운드 제로.

쬐는 그라운드 제로에 서서 나는 새삼 생각했다. 9·11에 의해 막이 열린 21세기, 인류는 앞으로 얼마나 더 파괴와 살육을 쌓아나가게 될까.

조지 W. 부시 정권은 확실한 증거도 없으면서 "대량 살상 무기를 숨기고 있다."라는 구실로 이라크에 군사적 침공을 강행했다. 함께 파병한 영국은 물론, 일본을 포함한 '서방 세계' 여러 나라도 여기에 협력했다. 그 결과 한 나라가 완전히 파괴되고 수십만명이 목숨을 빼앗겼다. 전쟁은 시리아를 비롯하여 주변 중동 지역에도 불안정을 야기하여 난민이 대량으로 발생했다. 하지만 침공과 파괴의 결과, 영국과 미국도 인정했듯 이라크에 '대량 살상 무기'는 존재하지 않았다는 사실이 판명됐을 따름이다.

1993년, '오슬로 협정'이 발표되었을 때 이제 팔레스타인에 평화의 길이 열렸다는 낙관적인 국제 여론이 일었지만, 현실에서는 1967년 이래 이스라엘이 계속 점령하던 일부 지역에 잠정적으로 팔레스타인 자치를 시작하게끔 한 것에 불과했다. 예루살렘의 귀속, 난민의 귀환 권리, 점령지의 유대인 입식자 철수 등 팔레스타인 측이 사활을 걸었던 현안은 모두 뒤로 미뤄졌다. 게다가 팔레스타인 입장에서는 힘겨운 양보였던 오슬로 협정의 틀조차도 동예루살렘 병합과 더불어 점령지로 입식을 강행한 이스라엘의

이스라엘 총리 이츠파크 라빈과 PLO 의장 야세르 아라파트가 오슬로 협정에 서명한 뒤
빌 클린턴이 지켜보는 가운데 악수하고 있다.

횡포로 깨져버렸다. 오슬로 협정에 기초한 팔레스타인 평화 프로세스는 그렇게 휴지 조각처럼 좌절되고 말았다. 그 후 미국(특히 트럼프 정권)은 이스라엘을 강력히 뒷받침해왔다. 사이드라면 오늘날의 사태를 어떻게 바라보았을까.

우리는 계속 앞으로 나아가고 싶다

에드워드 사이드는 2003년 9월 25일, 지병인 백혈병으로 뉴욕에서 세상을 떠났다. 정기 건강검진에서 병을 발견한 것은 1991년 9월이므로 9·11보다 정확히 10년 전의 일이다. 사망은 영미 연합군의 이라크 침공 개시로부터 반년 후였다. 앞서 말했듯 나는 그무렵 사이드와 직접 만날 기회를 얻었지만 아쉽게도 그 만남은 실현되지 못했다. 사이드가 삶을 마감했을 때 나는 일본의 잡지에 「끊임없이 진실을 말하려는 의지」라는 제목으로 추도문을 썼다. 여기 그 글의 요지를 소개해둔다.(《현대사상》, 세이도샤, 2003년 11월 임시 증간호)

　에드워드 사이드라는 인물에게 나는 얼마만큼 많은 빚을 지

데이비드 버사미언.

고 있을까. 그의 부음을 접한 후 이런 생각이 나날이 커졌다. 나는 사이드의 좋은 독자는 아니었다. 그의 저작을 열심히 읽기 시작한 것은 아마 1990년대에 접어들면서부터다. 내가 만약 1990년대에도 사이드를 읽지 않았다면 어찌 되었을지 상상해본 적이 있다. 적어도 지금보다 훨씬 심하게 정신적으로 방황했을 테고 분명 혼돈에서 헤어나오지 못했을 것이 틀림없다.

내가 즐겨 읽은 그의 글은『오리엔탈리즘』이나『문화와 제국주의』와 같은 학술적 저술이 아니다.『펜과 칼』은 그리 눈에 띄지 않는 작은 책이고 그다지 팔리지도 않았다고 들었지만, 내게는 결정적이라 할 만큼 중요했다. 이 책은 아르메니아 난민 출신 데이비드 버사미언David Barsamian(1945~)이 사이드를 다섯 차례 인터뷰한 내용을 담았다. 팔레스타인–이스라엘 문제에 관한 가장 좋은 입문서임은 분명하지만,『펜과 칼』의 가치는 거기에 그치지 않는다. 이참에 책장을 펼쳐보니 여기저기 밑줄이 그어져 있다. 모두 다 인용하고 싶지만, 우선 두 단락 정도만 소개해보려 한다.

우리가 지금 와 있는 곳이 마지막 변방이며, 정말로 하늘의 끝자락을 보는 듯이 느껴집니다. 그 너머에는 아무것도 없어서 남아 있는 파멸을 향해 갈 운명이라는 걸 알고 있습니다.

이스라엘의 폭격으로 인해 폐허가 된 가자지구.

그렇더라도 우리는 여전히 묻습니다. "이제 우리는 어디로 가지?" 우리는 또 다른 의사에게 진단을 받고 싶습니다. "너희들은 죽었다."라는 사망선고를 들었다고 그저 납득하고 체념할 수 없습니다. 우리는 계속 앞으로 나아가고 싶은 것입니다.(에드워드 W. 사이드·데이비드 버사미언, 『펜과 칼』, 헤이마켓 북스, 2010년(초판 1994년), 한국어판은 장호연 옮김, 마티, 2011년)

(학자로서 누릴 수 있는 편하고 안락한 삶을 선택하는 것도 가능하지 않았는가, 왜 실천적인 정치 참여처럼 강단과는 다른 영역에 발을 들여놓았는가, 라는 취지의 질문을 받자)

내게 정말로 선택의 여지가 있었다고는 생각하지 않습니다. 1967년 이후의 어느 순간에 당연한 어떤 '부름'에 이끌렸던 것 같습니다. (……) 이어 어느 순간 사태의 전체적 의미가 훨씬 큰 차원에서 보이게 되었습니다. 단지 나의 민족적인 출신 배경에서 유래한 문제만은 아니었습니다. 내가 팔레스타인 사람이기 때문만은 아니었습니다. 팔레스타인 해방 투쟁에 관여함으로써 팔레스타인 사람뿐만 아니라 미국의 아프로-아메리칸, 라틴계 연대 그룹, 아프리카 여러 나라의 단체와

2023년 11월 17일, 서울 보신각 앞에서 이스라엘 정부에 의해 살해당한
가자지구 주민을 기리는 '모든 희생자를 애도하는 신발들의 시위'가 열렸다.

도 함께할 수 있었으니까요. 그런 교류를 통해 깨달은 바가 있습니다. 팔레스타인 투쟁이 이런 여러 운동 가운데 핵심이었던 까닭은 그 투쟁이 정의에 관해 되묻는 일이기 때문이었습니다. 거의 승산이 없음에도 불구하고 끊임없이 진실을 말하겠다는 의지의 문제였습니다.(에드워드 W. 사이드·데이비드 버사미언, 앞의 책)

"파멸을 향해 갈 운명임을 알고 있"다면서도 "우리는 계속 앞으로 나아가고 싶"다고 말한다. "거의 승산이 없음에도 불구하고 끊임없이 진실을 말하겠다는 의지"에 대해 이야기한다. 마치 한 편의 시와 같다.

사람은 승리를 약속받았기에 싸우는 것이 아니다. 넘쳐나는 불의가 승리하기 때문에 정의에 대해 되묻고, 허위가 뒤덮고 있기에 진실을 위해 싸운다. 단적으로 말해 사이드는 우리에게 현대를 살아가는 자에게 있어 도덕의 거처는 어디에 있는지 묻는다.

제국주의, 식민지 지배, 전 지구적 시장 경제, 세계 전쟁의 시대는 무수히 많은 사람들을 본래 귀속해 있는 공동체로부터 떼어놓았다. 모어, 모문화, 역사로부터 추방된 수많은 디아스포라가 지구상을 유랑하고 있다.

2000년, 남부 레바논에서 이스라엘을 향해 돌을 던지는 에드워드 사이드.

　　하나의 언어공동체로부터 다른 언어공동체로 건너간 그/그녀들은 이들 복수 공동체의 틈새에서 경험하는 수많은 고뇌와 얼마 되지 않는 환희를 말하고자 한다. 하지만 이들 중 대다수는 아직 자신의 언어로 이야기할 수 없다. 왜냐하면 그/그녀들은 새롭게 찾아간 공동체에서 항상 마이너리티의 지위에 있기에 자신들의 모어와는 다른 언어를 구사해야 하며, 경제적 곤궁이나 법적 지위의 불안정으로 지식과 교양을 축적할 조건 자체를 빼앗겼기 때문이다. 게다가 이러한 수많은 곤경을 넘어 자신의 언어로 이야기하는 일이 가능해졌다고 해도, 이번에는 들어줄 독자를 구해야 하는 가장 큰 어려움이 기다리고 있다. 독자가 될 다수자는 대부분 자신이 단일한 공동체에 귀속한다는 신화 속에 안주해 있다.(이 표현이 껄끄럽다면, 신화에 '구속'되어 있다고 바꿔 말해도 좋다.) 한편 디아스포라의 이야기는 항상 다수자의 안주를 위협하며(구속으로부터 '해방'한다고도 말할 수 있겠지만) 때때로 다수자가 의심 없이 누려오던 기득권에 뾰족한 가시와도 같은 불편한 의혹의 눈길을 던진다. 과연 사람들이 이런 이야기를 맘 편히 나누며 즐길 수 있을까. 그리하여 디아스포라의 이야기는 소수만 이해하는 채로 고립되거나, 또는 판타지나 환상으로서 '노마드적 삶'을 동경하는 다수자에게 소비되고 만다.

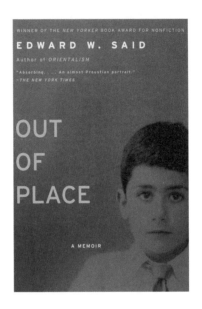

『에드워드 사이드 자서전』 원서 표지.

디아스포라 문학은 이렇게나 성립하기 어렵지만, 그중에서 매우 예외적인 성공 사례가 『에드워드 사이드 자서전』이다. 이 책은 인류사의 현시점까지 나온 디아스포라 문학의 최고 걸작이라고 나는 확신한다.

팔레스타인계 아랍인, 프로테스탄트 기독교도, 게다가 아버지 세대부터 미합중국의 국적 보유자인 사이드는 예루살렘, 베이루트, 카이로를 연결하는 지역을 오가며 성장했고 인생 후반기를 미국에서 보냈다. 그리고 지금은 '거기서 삶을 마쳤다.'라고 덧붙여야만 한다. 책의 첫머리를 조금 인용해보자.

하지만 항상 무엇보다도 먼저 떠오른 것은 마땅한 어떤 상태로부터 내 자신은 언제나 벗어나 있다는 감각이었다. '사이드'라는 누가 봐도 명백한 아랍계 성에 무리하게 이어 붙인, 우스울 만큼 영국풍인 이름 '에드워드'. 내가 여기에 순응하기까지, 아니 정확히는 그다지 불쾌감을 느끼지 않게 되기까지는 50년 정도의 세월이 필요했다.(『에드워드 사이드 자서전』, 빈티지, 2000년(초판 1999년), 한국어판은 김석희 옮김, 살림, 2001년)

저런 감각이 나는 너무 잘 이해된다. 바로 고개를 끄덕이며

수긍할 정도로. 자신의 성과 이름에서 느낀 위화감을 토로하는 사이드를 보며 나는 제국주의와 식민주의로 각인된 동시대를 살아가는, '이산'이라는 처지에 직면한 벗의 모습을 머릿속에 그려보는 것이다. 하지만 일본인 다수자 중 어느 정도가 이 느낌을 이해할 수 있을까.

　　잠시 내 이야기를 하자면 어릴 적 우리 가족은 일본 이름을 썼다. 중학교에 입학할 무렵, 형들의 강한 주장을 받아들여 '조선'식 이름을 사용하게 되었지만 그 시점에서는 나는 '서徐'라는 너무나도 명백한 조선계 성과, 거기에 억지로 이어 맞춘 '다다시正志'라는 어색한 일본 이름으로 불릴 수밖에 없었다. 왜냐하면 아직 1965년 한일기본조약 성립 이전이라서 내 존재는 한국 호적에는 기재되지 않은 상태였고, 일본식 이름밖에 없었기 때문이다. 그 후 한국의 호적에 올리는 수속을 할 때, 고향 마을의 어르신에게 조언을 받고 '경식'이라는 진짜 조선인 이름을 새로 갖게 되었다. 그런 절차를 밟지 않았다면 나는 지금도 조선식 성씨와 일본 이름, 말하자면 역사상 피지배자의 성과 지배자의 이름으로 이루어진, 식민 지배의 기억 그 자체라 말할 수 있는 어색한 성명을 써야만 했을 것이다.

　　사이드는 실로 포스트콜로니얼 시대를 살아가는 복합적 아

이덴티티의 모범 사례와 같은 존재였다. 그는 1967년 제3차 중동 전쟁과, 그 결과 발생한 이스라엘의 팔레스타인 지역 부당 점령을 계기로 스스로를 '팔레스타인인'으로서 뚜렷이 자각하기 시작했다. 이는 사이드가 복수의 자기 아이덴티티 가운데 스스로 선택한 것, 다시 말해 '선택된 아이덴티티'라고 말할 수 있을 것이다. 하지만 결코 자의적으로 선택했다고 오해해서는 안 된다. 미합중국 국민이라는 아이덴티티를 선택했다면, 학자라는 편하고 안락한 삶으로 평생을 보내는 일도 불가능하지 않았다. 그렇지만 사이드는 '팔레스타인인'의 일원이라는 편하지도 안락하지도 않은 '아이덴티티'를 선택한 셈이다.

앞서 인용했던 인터뷰에서 사이드는 "제게 정말 선택의 여지가 있었다고는 생각하지 않습니다."라고 말했다. 사이드는 내면에서 자신을 '부르는' 소리에 응답했던 것이다. 그가 말하는 '선택된 아이덴티티'란 이런저런 아이덴티티를 옷가지처럼 입고 벗는다는 의미가 아니다. 그런 것은 애초부터 불가능하다. '선택된 아이덴티티'란 오히려 '강제된 아이덴티티'에 대립하는 개념이며, 자유로운 인간으로서 자기를 해방하기 위한 자유로운 선택이라는 의미를 포함하고 있으리라. 이런 의미에서 사이드는 사르트르의 후계자라고 할 수 있을지도 모른다. 거기에 도덕이라는 기준선이 관

철되고 있는 이상, 이러한 '선택'은 자의적인 것이 될 수 없다.

여러 아이덴티티를 껴안고 살아가는 상태는 한 개인의 관점에서 보면 다름 아니라 자기가 분열된 상태를 뜻한다. 복수의 아이덴티티가 서로 대립할 때, 자기 분열의 아픔은 점점 커진다. 구식민지 출신 디아스포라는 누구나 이러한 자기 분열의 아픔을 겪고 있다. 그것을 어찌 '거침없고 활달한, 경계 없는borderless 삶의 방식'이라든가, '가볍게 경계를 넘나드는 노마드적 삶' 같은 말로 형용할 수 있을까. 성과 이름을 둘러싼 어색함을 이해할 수 없는 다수자는 이런 아픔 또한 이해할 수 없을 것이다.

NHK 엔터프라이즈의 가마쿠라 히데야 감독이 제작하여 2003년 4월에 NHK 제1위성방송에서 방영된 다큐멘터리 「사이드, 이라크 전쟁을 말하다」에는 에드워드 사이드의 생전 마지막 모습이 담겼다. 미국과 영국 군대가 이라크 전쟁을 개시했다는 소식에 사이드는 "미국인으로서, 또한 아랍인으로서 부끄럽다."라고 말했다. 두 번 정도 왼손과 오른손 주먹을 마주 붙인 후, 이어서 맞붙은 두 주먹을 좌우로 갈라놓는 몸짓을 했다. '아랍 출신 미국 국민'이라는 분열된 아픔을 그 간단한 포즈로 보여준 셈이다.

사이드는 고독했다. 미국에서 제대로 이해받을 수 없었던 그는 팔레스타인에서도 그리 이해받지 못했다. 물론 다른 의미에서

지만, 그는 두 곳 모두에서 '어울리지 않는' '이방인'이었다.

　사이드와 마찬가지로 고독한 자, 즉 복수의 공동체에 걸쳐진 인생을 성실히 살아가고자 노력하지만, 그렇기에 어떤 공동체에서도 자기를 이해해주는 동조자를 얻지 못하는 사람이 이 세계에는 적지 않다. 사이드가 느낀 고독의 의미를 이해할 수 있는 사람이 결코 적지 않다는 뜻이다. 하지만 지금, 그들은 저마다 살아가는 장소에서 어울리지 않는 '이방인'이며 고독한 자들이다. 그렇게 어울리지 않는 자리에 놓인 자들은 아주 멀리서 서로의 모습을 발견하고 만남을 열망하며 서로를 부르고 있다. 그러나 이들을 갈라놓고 가로막는 장벽은 여전히 높고 견고하다. 그런 상황 속에서 이정표나 등대처럼 유달리 높이 서 있어주었던 사이드는 이제 우리 곁에 없다. 얼마나 거대한 상실인가.

아메리카

앞서 말했듯 사이드는 1990년대 초반부터 백혈병과 싸우면서 세상을 떠나기까지 거의 20년 동안 팔레스타인 문제처럼 시사에 관련된 발언뿐만 아니라, 생애를 그대로 보여준다고 할 수 있는 수많

에드워드 사이드 묘비.

은 저작을 발표했다. 그가 숨을 거둘 때까지 쓴 글이 『말년의 양식에 관하여』이다. 아내 마리암에 따르면 이 책은 1980년대 후반 무렵부터 구상하기 시작했다. 그 후 컬럼비아 대학에서 '말년의 양식'에 관한 강의를 잇달아 가졌고 1990년대 초에는 정식으로 이 주제를 다룬 강의를 개설했다.

다니엘 바렌보임과 나눈 대담집 『평행과 역설』에는 사이드의 다음과 같은 발언이 있다. 유대인이면서 아르헨티나에서 자랐던 바렌보임은 그의 좋은 대화 상대였다.

불행하게도 이 나라에는 일종의 기억상실증이 만연합니다. 미합중국이 진정한 이민 사회이며 언제나 계속 그래왔다는 사실을 망각하는 병이지요. 미국은 오직 하나이며, 다른 대안은 없다는 생각, 미국의 전통과 규범은 무엇인지, 단일한 미국의 면모는 무엇인지를 둘러싸고 최근 일어난 논쟁을 보고 있노라면 마음이 무척 불안해집니다. 일종의 '수입된 내셔널리즘', 다시 말해 "독일적인 것은 무엇인가? 영국적인 것은 무엇인가?"와 같은 식으로 변용되기 쉽기 때문입니다. 이러한 민족주의는, 심하게 번덕스럽고 파란으로 가득 차 있기에 제게 너무도 매력적인 미국의 모습과는 아무런 관계도 없는데 말

9/11 Museum

9/11 Memorial

The Metropolitan Museum of Art

이죠. 제가 이 나라를 매력적으로 느끼는 측면은 어떤 규정으로 정해져 완전히 굳어버린 사회가 아니라, 끊임없이 변화하고 항상 불안정하게 동요하는 사회라는 점입니다.(『평행과 역설』, 빈티지, 2004년)

트럼프가 등장하기 훨씬 이전에 했던 발언이다. 하지만 '미국 우선America First'을 부르짖고 이민 규제 강화를 주장했던 트럼프 정권을 미국 국민이 절반 가까이 지지한다는 끔찍한 현실을 떠올리면, 사이드의 진단은 점점 진실에 가까워지고 있다. 사이드를 낳고 기르고, 사이드가 사랑했던 '아메리카', 물론 언제나 미국의 한 측면에 지나지 않았지만, 이제는 이조차도 영원 속으로 사라진 걸까.

(이 글을 마무리한 날은 2020년 11월 9일이며, 드디어 어제 민주당 조 바이든 후보가 대통령 선거 승리 선언을 마친 참이다. 현재 트럼프 대통령은 패배를 인정하지 않고 철저히 항전의 자세를 굽히지 않고 있기에 장래는 여전히 불투명하다.)

'선한 아메리카'를 기억하기 위하여

인문 기행의 새로운 여정으로 2016년에 방문한 '미국'을 다루기 시작한 것은 2019년의 일이다. 그러다 4년 남짓한 세월이 흘러버렸다. 이 시리즈의 앞선 두 책 『나의 이탈리아 인문 기행』과 『나의 영국 인문 기행』도 결코 빠르게, 부담 없이 써 내려간 작업은 아니었지만 이번 '미국' 편은 시간이 더 걸렸다. 솔직히 고백하면 예상 외로 괴로운 집필이었다.

괴로웠던 까닭은 크게 두 가지다. 하나는 개인적인 이유다. 연재 중에 직장을 정년퇴직했다. 마침 코로나 팬데믹까지 겹쳐 생활에 적잖은 변화가 찾아왔다. 건강에도 이상이 생겼다.

하지만 그 이상으로 힘에 부쳤던 이유는, 그간 동아시아를 포함해 전 세계 각지에서 일어난 갖가지 정치적 변동이 정신 차리기 힘들 정도로 어지럽고, 하나하나 뒤쫓아가기엔 끝이 없었기 때문이다. 우크라이나 전쟁이 적절한 예라고 할 수 있는데, 어떤 의미에서는 그런 변동 자체가 예전부터 있었던, 전혀 새롭지 않은 되풀이(알렉시예비치의 말 그대로 '세컨드핸드')이기에 글을 쓰고 묘사하는 입장에서는 어디서 맺고 끊어야 할지 곤란했던 것이다.

게다가 '아메리카'라는 대상 자체가 까다로운 주제였다. 이 책은 내가 처음 찾았던 1980년대의 미국에서 시작하여 트럼프가 등장하고 퇴장(재등장?)하는 시기까지 다루지만, 그 사이 미국 사회의 '단절'이 급속히 진행되었다. 아니, 이미 존재했던 '단절'이 누가 보기에도 명확하게 드러났다고 말해야 할 것이다.

단절된 미국은 쇠퇴의 길을 차근차근 밟으며 전락하는 중이다. 다만 이 단말마의 고통은 오래 지속되면서 수많은 부패와 파괴를 거듭하며 인류 사회에 심대한 손상을 입힐 것이다. 미국이 (그리고 세계가) 변한다는 것은 그 정도로 멀고 험난한 길이다.

그런 '아메리카'를 단일한 대상으로 파악하며 그 전체상을 묘사하는 일이 가능하기나 할까. 내가 알고 있는 '아메리카'는 진정한 아메리카인 걸까. 명백한 차별주의자 도널드 트럼프가 등장하여 대통령 자리까지 오른 지금, '정녕 이것이 아메리카인가?'라고 생각했다. 하지만 그 순간, 다른 쪽에서는 "이야말로 아메리카다."라고 한껏 고양된 사람들이 있다. 그런 이들은 아메리카 안팎에 광범위하게 존재한다.

내가 알고 있는 것은 '아메리카'의 극히 한정된 부분에 지나지 않는다. 그래도 그렇게 나누어진 단편 속에서 내가 '선한 아메리카'라고 생각하는 측면(이는 벤 샨이나 에드워드 사이드를 통해 볼 수 있는 부분이기도 하다.)에 초점을 맞춰 이야기하려 했다. 그 이유는 나 자신이 간직한 '선한 아메리카'를 향한 애착에서 비롯되었지만, 미국이라는 국가가 '선한 아메리카'의 방향으로 나아가길 바라는 기대를 놓을 수 없기 때문이기도 하다. 지금으로서는 실낱같은 기대지만, 그렇게 되지 않더라도 '극동' 출신의 한 디아스포라의 눈에 비친 '선한 아메리카'의 기억을 먼 장래를 위해 남겨두는 것도 무의미하지는 않겠다는 생각이 들었다. 적어도 내 젊은 나날들, 그 암흑시대에 '선한 아메리카'는 나를 격려하며 힘을 불어넣어주던 존재였다.

2022년 2월 러시아의 침공 이후, 우크라이나 전쟁은 현재도 지속 중이다. 게다가 팔레스타인의 가자지구에서는 미국을 방패 삼은 이스라엘이 '하마스' 섬멸 작전을 지금도 진행하고 있다. 6장에서 이야기한 가자지구의 인권변호사 라지 슬라니 씨도 자택이 폭격당했고, 구사일생으로 살아남아 이집트를 경유해 탈출했다고 한다.

　우크라이나에서도 팔레스타인에서도 전쟁이 장기화되면서 방대한 희생자와 난민이 속출하지만 그 종식은 기미조차 보이지 않는다. 피는 끝없이 흐르고 여성과 아이들의 울부짖음이 멈추지 않는다. 지역 내전을 훌쩍 뛰어넘어 준準 세계대전이라고도 불릴 법한 상태가 이어지고 있다. 제2차 세계대전 후 국제질서를 근근이 지탱해주던 국제연합UN은 완전히 기능 부전 상태에 빠졌다.

이 전쟁으로 인해 내 마음도 크게, 그리고 끊임없이 흔들리고 있다. 일흔 남짓한 인생 동안 보아온 세계가 격동하고 있다. 이 지경까지 치닫게 된 데에는 러시아 국내와 벨라루스의 민중운동을 겨냥한 과격한 탄압이 있었다. 홍콩과 미얀마의 상황도 마찬가지다. 내 어두운 예감은 차차 현실화되었다. 급기야 현실이 그 비관적 예측마저 추월해버리고 만 시기가 온 것 같다.

나는 1951년 일본에서 태어났다. 식민지 지배로부터 독립해서 평화를 누렸어야 할 조국은 그때 이미 내전(한국전쟁)이 시작된 상태였다. 막대한 희생을 낳고 1953년에 '휴전'이 성립되었지만, 그로부터 70여 년이 지난 지금도 휴전 상태는 지속되고 있다. 전쟁은 끝나지 않은 것이다. 얼마나 더 파괴되어야 '끝나는' 걸까. 얼마나 더 죽어야 '끝나는' 걸까. 내가 살아온 70년 넘는 시간 동안 세계 각지에서 전쟁이 멈춘 시기는 없었다. 전쟁의 그림자는 언제나 음울하게 드리워져 있다. 그리고 날이 갈수록 짙어간다.

아우슈비츠 생존자이자 작가 프리모 레비Primo Levi(1919~

1987)가 쓴 『휴전』이라는 작품이 있다. '종전'이 아니라 '휴전'이다.

소련군에 의해 아우슈비츠에서 해방된 레비는 함께 라거(강제수용소)에서 살아남은 '그리스계 유대인' 모르도 나홈과 고향을 향한 방랑길에 동행한다. 현실에 밝고 영리한 장사꾼 출신인 이 '그리스인'은 레비에게 현실을 헤치고 나갈 가르침을 주는 엄격한 스승인 셈이었다. 그 예로 이런 이야기가 있다.

입던 죄수복 차림 그대로 아우슈비츠에서 빠져나왔기에 너덜너덜해진 구두를 신은 레비에게 그리스인은 이런 말을 건넨다. "자넨 바보로군. 신발이 없는 사람은 바보야." 신발이 있으면 먹을거리를 찾으러 돌아다닐 수 있지만 없으면 그마저도 할 수 없다는 뜻이었다. 레비는 "반박할 여지가 별로 없었다. 그 논지가 얼마나 타당한지 손으로 만질 수 있을 만큼 명백했다."라고 말한다. 아우슈비츠를 막 빠져나온 레비는 그리스인의 지략과 대담함 덕분에 혼돈에서 조금씩 걸어 나가기 시작했다. "전쟁은 끝났잖아요."라고 말하는 레비에게 그리스인은 "아니, 늘 전쟁이야."라는 '기억해야만 할 대답'을 내뱉었다. 레비는 이렇게 말한다.

"라거는 우리 두 사람 모두에게 찾아온 경험이었다. 그런데 나는 라거를 세계의 역사와 나의 역사 속에 자리한 어떤 추악한 변형으로, 괴물과도 같은 어떤 뒤틀림으로 인식한 반면, 그에게 그것은 이미 알려진 사실들의 슬픈 확인일 뿐이었다. '늘 전쟁이야.', '인간은 타인에게 늑대야.'라는 오래된 이야기였다."

"늘 전쟁이야." 이 기나긴 작품의 첫 부분에 등장하는 에피소드가 책 전체를 관통하는 주제다. 레비의 『휴전』은 승리의 기쁨으로 끝나지 않는다. 불길한 심연이 우리에게 말을 건네는 듯 예언과 함께 끝을 맺는다. 해방되고 8개월 후, 가까스로 고향 밀라노의 집으로 귀환한 레비는 가족과 재회하지만 공포로 가득 찬 악몽은 끊임없이 찾아왔다. 밀라노 고향집에서도 수용소에서 매일 아침 울려 퍼지던 폴란드어 점호 구령 "브스타바치Wstawać!(기상!)"라는 외침을 들으며 잠에서 깨어난 것이다. 레비는 우리가 누리고 있는 것은 아주 잠깐 동안의 '휴전'일 뿐이라는 사실을 뼈저리게 알려준다. 이후 40여 년간 평화를 위해 증인으로 활동한 레비는 1987년, 자살했다.

2022년 7월 23일, 미얀마 군부는 아웅 산 수 치가 이끄는 여당 국민민주연맹NLD의 전 국회의원과 민주화운동 활동가 총 네 명을 정치범으로 내몰아 사형을 집행했다. 솔직히 고백하면 이 소식에 나는 무척 충격을 받았다. 사형 자체가 인도주의에 반하는 학살 행위라는 이유에서는 물론이고, 무엇보다 전 세계의 많은 이들이 지켜보는데도 아무렇지 않게 사형이 강행되었다는 사실 때문이다. 게다가 얼마 전까지만 해도 미얀마 민주화운동을 열심히 보도했던 미디어도(적어도 일본에서의 경험에 한정하면) 이 사건에 대해 지극히 미미한 관심을 보였다. 즉 이미 '진부해지고' 있다는 뜻이다. 벨라루스의 상황과 홍콩의 민주화운동도 사람들의 관심 밖으로 밀려나 급속히 진부한 옛일이 되어간다.

미얀마 군부가 자행한 정치범 사형 소식은 내 심리를 급속하게 반세기 전으로 되돌려놓았다. 한국에서 유학 중이던 나의 두 형이 사상범으로 구속, 투옥되어 한 사람(서승)이 군사재판을 받고 한때 '사형' 선고까지 받은 시기 말이다. 그는 이후 '무기징역'이 확정되었고, 다른 형(서준식)은 징역 7년을 선고받았지만 전향하지 않았다는 이유로 형기를 채우고도 석방되지 못한 채 20년 가까이 옥중 생활을 해야만 했다. 그때 나는 일본에서 정신을 소모하는 나날을 보내고 있었다. 갈피를 못 잡고 좀처럼 잠들지 못하는 밤이 이어졌다. 어두운 방에 누워 '잠을 자야 한다.'라고 스스로를 타일렀지만 귀에선 심장의 고동 소리만 끊임없이 들려왔다. 나는 스스로에게 되뇔 뿐이었다. 아무리 끔찍한 일이라도, 아무리 부조리한 일이라도 이렇게 실제로 일어나버린다고.

내 정신을 더 소진시킨 것은 그런 상상 같은 세계와, 내 주위에서 펼쳐지는 일본 사회의 '일상생활' 사이의 괴리였다. 지인들은 "앞으로 무슨 일을 할래?", "취직은?", "결혼은?" 하며 아무 일 없는 듯 내게 물었다. 나에게는 그런 '일상생활'이 허구였고, 어두운 상상 속의 감옥이나 형장이야말로 진실이었다. 이 책에서 쓴 첫 '미국 여행'을 떠난 때가 바로 그 무렵이었다. 미얀마에서 벌어진 처형 소식을 접하고, 그때의 애통한 마음이 반세기 넘게 지난 지금 또렷이 되살아났다. 그 시대는 끝나지 않았다. 반세기 전의 내가 다름 아닌 '진실'이며, 그 후로 어떻게든 평화롭게 살아온 나는 '허구'의 산물에 지나지 않는다. 전 세계에서 사람들이 죽어가고 병들고 괴로워하는 상황. 진실은 거기에 있다. 지금 내가 있는 곳이 '허구' 쪽이다.

노벨문학상 수상 작가 스베틀라나 알렉시예비치Svetlana Alexievich(1948~)의 『세컨드핸드 타임』이라는 저서가 있다. 지금 생각해도 탁월한 제목이다.

우크라이나와 벨라루스는 '지옥'이라 불리던 독소 전쟁의 전장이었다. 이 전쟁의 희생자(전사, 전병사)는 소련군이 1470만 명, 독일군이 390만 명이었다. 민간인 사망자까지 포함하면 소련은 2000~3000만 명, 독일은 약 600~1000만 명이 목숨을 잃었다. 소련의 군인, 민간인 사상자의 총계는 제2차 세계대전의 전체 교전

국 가운데 가장 많을 뿐 아니라, 인류 사상 벌어진 모든 전쟁과 분쟁 중에서 최대 사망자 수를 기록했다.

그런 과거를 겪었지만, 똑같은 장소에서 전쟁과 잔학 행위가 반복되고 있다. 그곳에서 외치는 슬로건은 알렉시예비치의 저서 제목 그대로 모두 '세컨드핸드'이다. 여기서 '세컨드핸드'란 '이념'의 중고품이라는 의미다. 소련이라는 실험이 좌절하고, 사회주의의 이상도 붕괴했다. 고르바초프의 개혁도 신자유주의의 발호와 만연을 불러와 빈부 격차는 극대화되고 민족 분쟁도 다시 불붙었다. 구소련을 구성했던 많은 국가에서 권위주의 체제가 구축됐다. 우크라이나 전쟁도 결국 소련 붕괴가 초래한 사태다. '유토피아의 폐허'다. 이 폐허에서 우리는 어떻게 살아가야만 할까. 어떻게든 파괴된 이상을 재건하지 않으면 안 된다. 하지만 과연 어떻게?

나는 현재의 세계는 '민주주의', '인권', '피억압 민족해방' 등 보편적 이상의 깃발 아래 '파시즘', '나치즘', '천황제 군국주의' 같은 눈에 잘 드러나던 '악'과 싸운 결과의 도달점이라고 이해해왔다. 지금 돌이켜보면 고난도 고통도 가득했지만 그래도 많은 이들이 '이상'을 공유하는 일이 가능한 시대였다.

결국 무엇을 잃어버렸는가. '이상'을 잃어버리고 무력만이 살아남았다. 지금은 냉소주의가 승전가를 부르며 '죽음의 무도'를 추고 있다. '이상이 사라진 시대'가 지속되고 있다. 생각해보면 훨씬 예전부터 그랬던 것 같다. 제2차 세계대전에서 파시즘 세력이 패배하고 냉전이 일단 종결되며, 세계는 가까스로 평화를 향유할 수 있는 시대를 맞이한 듯 보였다. 하지만 그것은 지극히 짧은 시간에 지나지 않았던 것 같다. 트럼프 지지자가 다수를 점하고 있는 미국은 물론이고 유럽을 비롯한 세계 각지에서 이민자 배척을 부르짖는 우익 세력이 약진하고 있다.

우크라이나도 미얀마도 모두 급속하게 '진부한 일'이 되고 있다. '홀로코스트'와 '팔레스타인'마저 이렇게 진부해져버릴 것이다. 가자지구에서는 최근 2개월에 불과한 짧은 기간에 약 2만 명이 목숨을 잃었다. 국제연합이 내놓은 '인도적 정전' 결의안은 미국의 거부로 백지화되었다.(영국은 표결에서 기권했다.) 가자라는 좁은 지역에 갇힌 사람들을 향한 일방적인 무력 사용, 다름 아닌 제노사이드(대량학살)가 공공연히 이루어지고 있는 것이다. 여기엔 '나쁜 아메리카'의 추한 민낯이 남김없이 드러난다. 물론 자국의 그런 행태에 적지 않은 희생을 감수하며 항의하는 '선한 아메리카' 사람들도 존재하지만, 그 힘은 열세에 몰리고 있다. 펜실베이니아 대학 총장이 자리에서 물러났고 하버드 대학의 총장도 사임 압박을 받고 있다. 집단 히스테리라고도, 현대판 매카시즘이라고도 부를 법한 현상이다. 말할 필요도 없지만 '반이스라엘'과 '반유대주의'는 차원도 범주도 다른 개념이다. 이러한 (종종 의도적인) 혼동은 문제 해결에 방해가 될 뿐이다. 하지만 현실에서는 이러한 '반유대주의' 언설의 폭풍이 사납게 불어댄다. 반지성의 극치라고도 할 수 있다. 이런 상황 속에서 '인문 기행' 따위를 쓰는 의미가 있는 걸까. 그럼에도 이런 상황이기에 더욱 '선한 이들'을 응원하고 인문주의적 사고의 중요성을 끈질기게 이야기해야만 하는 걸까.

이쯤에서 '미국 인문 기행'의 펜을 내려놓으려 한다.

책에서 언급한 사람들 외에도, 수없이 많은 선한 사람들의 기억이 떠오른다. '아메리카'란 무엇일까. 당연한 말이지만 '아메리카'는 단일한 어떤 곳이 아니라, 여럿이 서로 갈등하고 항쟁하는 복수의 문화가 부딪히는 '장場'일 것이다. 나는 '아메리카'를 좋아하며, 동시에 무척 싫어한다. 그리고 이런 극단적 모순과 항쟁이야말로 '아메리카'이리라.

이 책 전반부에서 이야기한 미국 여행의 직접적인 목적은 미국의 여론에, 보다 구체적으로는 '미국 국무부 인권국'에 호소하여 형들을 포함한 한국의 정치범을 향한 학대 행위를 조금이라도 줄이기 위해서였다. 그 목적을 이루는 데 나의 여행이 그다지 효과가 있었다고는 생각진 않지만, 당시는 그런 일이라도 하지 않으면 견딜 수 없는 심경이었다. 돌이켜 생각해보면 모순으로 가득 찬 행위였다. 한국의 군사독재 정권의 뒷배, 바꿔 말하면 한국에서 벌어지는 인권 탄압의 당사자이기도 한 미국에게 호소하러 간 것이었으니.

당시 체재 중에 내가 배운 것은 '인권'이라는 개념조차 미국 정부에게는 보편적 이념이라기보다, 국익을 위한 '자원'이라는 점이었다. 그런 당연한 사정을 뒤늦게나마 깨달은 나는 그런 전제를 세워놓고 미국이라는 '장'을 활용하려고 했다. 물론 나 같은 무력한 사람이 그런 생각을 한대도 마땅히 할 수 있는 일도 없었겠지만. 그래도 이 책을 쓰면서 당시의 나, 극동에서 온 정치범 가족인 젊은이에게 소박한 선의를 갖고 다가와준 사람들을 다시 떠올려보았다. "그런 사람들의 작은 힘이 세계를 바꾼다." 따위의 이야기를 할 수는 없다. 그렇게 말하기에는 나는 너무나 암흑만을 보고 살아왔는지도 모른다. 또는 아직도 더 크고 깊은 암흑을 볼 일이 남아 있는지도.

하지만 나는 지금도 전혀 나아지지 않는 세계 여기저기에서 하루하루 현실에 절망하는 사람들에게 내 경험의 작은 조각이라도 제시하여 참고가 되기를 바라는 마음이다. 인간 그 자체에 절망하지 않기 위해. 그것이 나의 끝나지 않는 '인문 기행'의 한 페이지다.

2023년 12월 17일

서경식

도판 및 인용 출처

14쪽 ● Jones, Linda Huffman, 민주화운동 기념사업회 제공

20, 76, 78, 108, 110쪽 ● 디트로이트 미술관 제공

26, 30, 44, 144, 210쪽 ● ⊛ by ajay_suresh

42쪽 ● ⓒ2023 Heirs of Josephine Hopper / Licensed by ARS, NY – SACK, Seoul

50쪽 ● ⊛ by VeggieGarden

60, 86, 92, 194, 202쪽 ● 게티이미지코리아 제공

90쪽 ● ⓒBernard Buffet / ADAGP, Paris – SACK, Seoul, 2023. 오하라 미술관 제공

98쪽 ● ⊛ by Michael Barera

106쪽 ● ⓒToshiko Kitagawa 2024 / JAA2400003

112쪽 ● 헨리포드 박물관 제공

118쪽 ● 정연두 촬영 및 제공

120쪽 ● 샌프란시스코 현대미술관 제공

122쪽 ● ⊛ by Gumr51

132쪽 ● ⓒ송현숙

140쪽 ● ⊛ by Dirk van der Made

154쪽 ● ⓒ2023 – Succession Pablo Picasso – SACK (Korea)

166, 168, 170, 174, 178, 182, 184쪽 ● ⓒEstate of Ben Shahn / SACK, Seoul / VAGA at ARS, NY, 2023

198쪽 ● ⓒJean Mohr

206쪽 ● ⊛ by mtsrs

218쪽 ● ⊛ by Studio Daniel Libeskind

220쪽 ● ⊛ by Kathinka Pasveer

232쪽 ● ⓒ참여연대

246쪽 ● ⊛ by Padres Hana

그림과 사진의 게재를 허락해주신 분들, 자료를 제공해주신 분들께 감사드립니다.

이 책의 자료는 저작권자의 허가를 받아 재수록 합니다. 단 부득이하게 허가를 구하지 못한 경우, 연락이 닿는 대로 절차에 따라 허가를 받고 사용료를 지불하겠습니다.

일부 작품은 SACK을 통해 ADAGP, ARS, Picasso Administration, VAGA at ARS와 저작권 계약을 맺은 것입니다. 저작권법에 의하여 한국 내에서 보호를 받는 저작물이므로 무단 전재 및 복제를 금합니다.

183쪽의 노래 가사는 KOMCA의 승인을 받아 재수록함을 밝힙니다.

6장과 7장 속 인용문의 출처를 밝힙니다; ON LATE STYLE, Copyright © The Estate of Edward W. Said, 2006; OUT OF PLACE, Copyright © Edward W. Said, 1999; PARALLELS AND PARADOXES, Copyright © Edward W. Said and Daniel Barenboim, 2002; MUSIC AT THE LIMITS, Copyright © 2008, Edward Said; THE PEN AND THE SWORD, Copyright © Edward W. Said and David Barsamian, 1994; used by permission of The Wylie Agency (UK) Limited.

나의 미국 인문 기행

1판 1쇄 펴냄 2024년 1월 19일
1판 2쇄 펴냄 2024년 2월 13일

지은이 서경식
옮긴이 최재혁

편집 최예원 박아름 최고은
미술 김낙훈 한나은 김혜수
전자책 이미화
마케팅 정대용 허진호 김채훈 홍수현 이지원 이지혜 이호정
홍보 이시윤 윤영우
저작권 남유선 김다정 송지영
제작 임지헌 김한수 임수아 권순택
관리 박경희 김지현 이지은
펴낸이 박상준
펴낸곳 반비

만든 사람들
책임편집 최고은
디자인 민혜원
조판 강준선

출판등록 1997. 3. 24.(제16-1444호)
(06027) 서울시 강남구 도산대로1길 62 강남출판문화센터
대표전화 515-2000   팩시밀리 515-2007
편집부 517-4263   팩시밀리 514-2329

글 ⓒ 서경식, 2024. Printed in Korea.
ISBN 979-11-92908-87-8(03800)

반비는 민음사출판그룹의 인문·교양 브랜드입니다.